나는
터지기를
기다리는
꽃이다

나는 터지기를 기다리는 꽃이다

먹실골 일기

오민석 에세이

뒤란

먹실골,
숲속 생활의 기록

먹실골 오두막에 들어온 지 벌써 5년째다. 먹실골 시대 이전에, 글이 잘 안 풀릴 때마다 나는 가방을 싸 들고 바닷가나 산속의 작은 숙소들을 찾아다니곤 했다. 밥 먹는 시간 외에 일체 외출을 삼가고 새로운 공간의 작은 책상에 앉아 글을 쓸 때 나는 가장 행복했다. 그럴 때마다 집중력은 훨씬 깊어졌고, 신선한 상상력이 자판 위에서 어른거렸다. 먹실골 오두막은 이런 나의 소망이 마침내 안착한 곳이다. 강원도 홍천 깊은 산속의 작은 통나무집 별서別墅에서 나는 그동안 여러 권의 책과 시집을 냈다. 첫 3년 동안엔 가족 외의 아무에게도 이 공간을 알리지 않았고, 강의가 있는 날을 제외하고는 늘 이곳에 머물렀다. 이 책은 그렇게 살던 어느 봄날에서 가을까지의 몇 달(5월~9월) 동안 매일 저녁 책상에 홀로 앉아 써 내려간 것이다. 그해는 연구년이었고, 덕분에 나는 아무 곳에도 가지 않고 숲속에 처박혀 있을 수 있었다.

처음 이 책을 시작할 때, 나는 문득 헨리 소로H.D.Thoreau

의 『월든』을 떠올렸다. 나는 비록 그처럼 작은 통나무집을 손수 짓지도 않았고 자급자족하지도 않았지만, 외딴 숲속에서 혼자 책을 읽고 글을 쓰며 내면의 고통을 들여다보았다. 이 책을 쓰기 약 일 년 전에 나는 갑작스레 아내를 잃었고, 난생처음 '운명'이라는 것의 의미를 생각하게 되었다. 그것은 그 모든 영혼의 방황에도 불구하고 받아들여야 하는 것이었고, 니체식으로 말하면 긍정하고 사랑하기까지 해야 하는 것이었다. 그러나 그것이 말처럼 쉬울 리 없다. 고독과 고통이 한꺼번에 밀려올 때, 나는 마치 밤의 무지無知 앞에 선 것처럼 두렵고 떨렸다. 그럴 때마다 내 곁에 이 책 속의 할아버지(권상원 선생)와 그의 아들 K(권오정 대목大木)가 다가왔다. 숲속의 나는 『월든』의 소로처럼 혼자가 아니었다. 할아버지는 내게 겸손과 환대의 힘을 가르쳐주었고, K는 '그리스인 조르바'처럼 거칠지만 넘치는 생명성을 보여주었다. 먹실골은 무려 40여 년에 걸쳐 할아버지께서 맨손으로 가꾸어온 (진부한 표현이지만) '꿈의 동산'이다. 먹실골엔 온갖 나무와 꽃과 짐승과 곤충과 새들이 넘쳐난다. 나의 집필실을 포함해 이곳에 있는 몇 채의 집들은 모두 통나무집 장인인 K가 직접 지은 것들이다. 나는 이분들이 만든 낙원에 아무런 보탬도 없이 세 들어온 나그네다. 내게 이곳의 자연은 처음에는 그저 아름다운 풍경으로 다가왔다. 그것은 내 앞에 펼쳐진 '타자'였으며, 나는 그것의 구경꾼에 불과했다. 그러나 풍경은 점점 더 내 안으로 들어왔다. 이제 나는 그것이 없이는 지낼 수 없게 되었다.

이 책이 처음부터 단행본의 형태로 의도된 것은 아니었다. 나는 그저 이 아름다운 숲과 할아버지와 K, 그리고 나 사이에 일어나는 소소한 일들과 내 영혼의 투쟁을 기록하고 싶었고, 매일 밤 내 손은 마치 자연의 풍금을 두드리듯 자판 위에서 움직였다. 사회적 소통망에 사진과 함께 이 글들을 올렸을 때, 의외로 많은 사람이 뜨거운 반응을 보여주었고, 마침내 눈 밝은 출판사 '뒤란'에서 출판 섭외가 들어왔다. 진지한 글이 잘 팔리지 않는 이 부박浮薄의 시대에 책을 내겠다고 선뜻 다가온 '뒤란'에 부디 축복 있으라.

나는 숲속 오두막에 기거하면서 환대의 위대함을 배웠고, 겸손의 막강한 힘을 알게 되었으며, 넘치는 생명성의 찬란함을 신뢰하게 되었다. 게다가 나는 그 모든 '아등바등'에서도 조금은 멀어지게 되었다. 자연과 운명 앞에서 내게 필요한 것은 오히려 '철저한 수동성'이었다. 내가 나를 비울 때, 비로소 무변광대한 신성神性이 나의 주인이 되었다. 나는 여전히 분투할 것이지만, 이제 내 운명의 주인이 내가 아님을 안다. 영혼의 긴 싸움 끝에 니코스 카잔차키스N.Kazantzakis가 "나는 아무것도 바라지 않는다. 나는 아무것도 두려워하지 않는다. 나는 자유다"라는 문장을 남겼을 때, 그가 말했던 "자유"는 무엇일까. 그리고 나의 '자유'는 또 무엇인가. 나는 내가 '철저한 수동성'의 자세를 가질 때, 가장 자유롭다고 믿는다. 그래야만, 아무 대가나 인정이나 성취가 없는 사막에서도 글쓰기가 지속될 수 있다. 나는 쓰고, 쓰고, 또 쓸 것이다. 이 책의 원고를 출판사에 보낼 무렵, 내게 사랑이 왔다. 살아야겠다.

2022년 늦봄,

먹실골 오두막 인피니튜드에서

오민석

차례

머리말 먹실골, 숲속 생활의 기록 5

5월

17 오두막을 짓다
21 빛이 세계를 다 밝히지 못해도
25 5월 18일
27 멈추어 있는 것은 없다
30 우리는 끝까지 달린다
32 경계에서
34 환대의 열쇠
37 숭고함과 와플
39 할아버지
44 지상에도 천국이 있다
47 외로움으로 껴안기
49 사랑의 위력
54 굿모닝, 굿바이
57 나는 매일 작아진다
59 낮아져야 볼 수 있는 것

6월

67 낭만을 들여다보면
72 나무의 속살에 들다
77 유언으로서의 흔적
80 다름 아닌 '다름'으로
83 백면서생
86 사유의 출발점
89 우리는 친구다
93 다락방이 열리다
97 멋진 밤 보내세유
101 하두 맑고 슬픈
106 하늘만 푸르러 푸르러
110 마차는 굴러간다
113 사과나무가 있는 풍경

7월

116 6월의 열매들
120 그리움과 분투한다
123 송엽국의 삶을 꿈꾸며
126 치욕의 역사
128 마당에 카펫을 깔다
132 몸은 기억이다
136 꽃의 시인들
138 죽은 것이 산 것을 키운다
143 여름의 산방
146 오름과 내림, 안과 밖
148 특별한 손님
152 필연 위에 우연이
154 문 앞의 비옥한 땅
163 책상 위에서 도래할 세계
166 금세 그리워지는 것들
168 이것들이 왜 이래
171 능소화의 연주 아래
173 사랑과 모험으로 가득 찬
176 나의 파편을 해방하기 전에
180 나는 평안하다 미안하다
184 외로움은 내 삶의 바탕색이 되었다
187 찢어진 영혼을 기우며
189 먹실골의 문법
192 연두색 밑줄
193 비 내리는 오두막
195 산중의 소리

8월

198 사람의 소리
201 무안한 폭로
204 운명
207 무럭무럭
209 아름다운 폐인
214 하찮음 속에 장엄함이 있다
217 무르익는 계절
219 순간들은 다시 돌아오지 않는다
222 잭슨 폴록을 읽다
225 '클래식'한 하루
229 생계 너머의 생계
233 나는 이제 무엇을 기다릴까
239 사랑의 다리
241 사랑의 일상
244 모처럼의 외출
246 다시 먹실골로
248 위버멘쉬!
252 혁혁한 업적
256 예술가들과
260 신성이 녹아든 토마토잼이여
263 식물의 시간은 쉬지 않고 흐른다

9월

266 원고, 또 원고
268 그리스인 조르바
271 정겨운 죽음, 외로운 폭발
274 비밀의 숲
277 어린 '나'를 위한 지구
279 어떤 글쟁이
283 가을은
285 무엇이 안 돼도 상관없다
289 자기 안의 늑대
291 무념무상
293 한 사람의 죽음
295 오는 계절이 더 그립다
297 똥개훈련
300 시인학교의 그
302 몸이 없는 언어
304 가을이 오고 더불어 산다
307 우리는 어쩌다 무한한 사랑을
309 매일 제 무덤을 파며 쓴다
311 오직 사랑 속에 뿌리를 박고
314 꽃의 힘

■ **일러두기**

1. 단행본은『 』, 수록작은「」, 정기간행물은《 》, 영화·노래·그림·해설·서평은 〈 〉로 표기했다.
2. 인용된 시의 역자는 모두 저자 본인이다.
3. 영어 인명 표기는 기본적으로 국립국어원의 원칙을 따르되 대중에게 널리 알려진 것으로 채택했다.

5월

먹실골엔 이제야 봄이 도착했다. 한 나무
에서도 남녘의 꽃들이 먼저 핀다. 목련의
남쪽이 터질 때, 북쪽은 어둡게 빛나며
폭발을 준비한다. 그 모습, 참 좋다.
나는 터지기를 기다리는 꽃이다. 봄이다.

오두막을 짓다

창문을 열어놓으니 빗소리가 다정하다. 처마 밑 자리를 놓고 다투던 박새와 곤줄박이 부부들. 마침내 박새 부부가 이겨서 집을 차지했다. 곤줄박이는 이제 보이지 않는다. 자연은 멀리서 볼 때 평화롭고 아름답다. 이 안에도 생존을 위한 무지막지한 싸움들이 존재한다. 집 앞 연못의 개구리알을 먹는 향어들처럼 탐욕스러운 애들도 없다. 해 질 무렵이면, 꽃 진 자리에 어느새 두꺼운 초록 옷을 입은 목련이 박새 부부를 품어준다. 박새들은 목련 가지를 살짝 튕기며 처마 밑 제 집으로 든다. 어제는 바람이 많이 불었고, 300년 된 느티나무는 바람을 통째로 안고 흔들리는 거대한 풍선 같았다. 그 아래 오두막 '인피니튜드The Infinitude*'가 거의 완성되어간다. 집을 짓는 K가 어제 데크 기둥을 세운 후 기분이 좋은지 그 위에 서서 큰 소리로 노래를 불렀다. 느티나무

* 철학자 에마뉴엘 레비나스E.Levinas의 '무한성'에서 빌려왔다. (편집자 주)

가 무수한 초록 이파리를 흔들며 추임새를 넣었다. 그가 집을 짓는 동안 나는 계간《시와경계》에 보낼 '시인이 시인에게 보내는 편지' 원고를 썼다. 박완호 시인에게 보내는 편지다. 제목은 〈고통의 코뮌과 빛나는 언어—박완호 시인에게〉. 저녁 무렵 난생처음 호박전을 부쳐 K와 함께 막걸리를 조금 마셨다. 스마트폰으로 김추자의 〈님은 먼 곳에〉를 들었다.

***

시골 공간의 특징 중 하나는 어둠을 그냥 어둠으로 놓아둔다는 것이다. 투명성에 발가벗겨졌던 세계가 밤이 되면 완벽한 비밀, 무지의 세계로 변한다. 빛나는 것은 오직 하늘의 별들, 그리고 달빛뿐이다. 오늘 밤처럼 비가 오는 날이면 그것들마저 없다. 밤이 되면 자연은 비밀의 성채城砦로 변하여 알고 있는 모든 것은 '모르는 것', '알 수 없는 것'이 된다. 그래서 밤바람 소리, 짐승이 지나가는 소리, 심지어 빗물이 떨어지는 소리까지, 그것들의 의미망은 무한대로 확대된다. 때로 신비고 공포다. 데크를 지나가는 들고양이의 발소리는 낮의 투명성을 상실했으므로 상상 가능한 온갖 소리가 된다. 그리하여 밤의 모든 것들은 상징이고 은유다. 먹실골 뒤, 봉화산 속에는 지금쯤 촉각을 곤두세운 동물들이 '알 수 없는 것'의 신비 속을 배회할 것이다. 낙엽송 밑을 지나는 들쥐는 부엉이를 보지 못할 것이며, 작은 나뭇가지가 바람에 부

러지는 소리에도 깜짝 놀랄 것이다. 그러나 빛의 창검에 노출되지 않은 것들은 모두 의미의 보배들이다. 나는 이 산속에 들어와 매일 밤 무지의 베일을 느낀다. 거기에 무한성이 숨어있다.

빛이 세계를 다 밝히지 못해도

아침에 일어나니 어둠은 사라지고 산속엔 물안개가 자욱하다. 빛 속에 사라진 어둠은 어딘가에서 또 내밀한 꿈을 꾸고 있을 것이다. 연못가엔 무늬개키버들이 이슬방울을 맺은 채 활짝 피었다. 이슬은 밤의 흔적이다. 오색버들, 삼색버들, 화이트 핑크 샐릭스White pink salix라고도 불리는 버드나뭇과의 이 나무는 이파리가 마치 화려한 꽃잎 같다. 줄기에 가까운 곳은 초록색, 하늘로 뻗은 손끝으로 가면 초록이 분홍으로, 분홍이 흰색으로 바뀐다. 밤은 이 모든 것을 비밀 속에 가두었다가, 빛이 쳐들어올 때 한꺼번에 내어놓는다. 낮은 사물이 명징한 이름을 갖는 시간. 멀리 지나가며 우는 뻐꾸기 소리는 오로지 뻐꾸기 소리로만 들리지 다른 소리로는 들리지 않는다. 이 투명한 결단이 세계에 대한 공포를 사라지게 한다. 그러나 '보이는' 것들은 여전히 '안 보이는' 많은 것을 품고 있다. 낮은 온 세상을 드러내는 것 같지만, 그 안에도 비밀은 그림자처럼 남아 있다. '백주대낮'에 이 무슨 짓인가, 라는 말이 있지만, 물리적 빛이 세계를 다 밝히지는 못한다. 그리하여 우리는 경전을 읽고, 지식의 상태에서도 항상 유보의 공간을 둔다. 세계의 의미가 그렇게 지연되므로 '공부'할 일이 생긴다.

해 저문 감나무에, 물까치들이
긴 꼬리들을 곱게 내린 채
저녁을 맞고 있다
묵념하듯 고개를 숙이는 저녁 종鐘들,

속이 환하게 밝다

—오민석 「신성한 저녁」 부분

아주 오래전 계룡산 갑사 근처의 민박집에서 한겨울을 난 적이 있다. 위 시는 그때 쓴 것이다. 하루의 노동을 끝내고 석양을 배경으로 물까치들이 감나무 여기저기에 앉아 고개를 숙이고 가만히 앉아 있는 모양은 한 편의 성스러운 그림이었다. 먹실골에도 물까치들이 많다. 작년엔 동백나무 가지에 둥지를 짓고 알을 낳기도 했다. 그때 옆을 지나가기만 해도 마치 눈알을 빼먹을 듯 사람을 위협하며 달려들었다. 그 물까치 부부는 지금 어디로 갔나. 빈 둥지에 이제 새들은 들지 않는다.

어제는 아내를 병으로 보내고 사십구재를 막 끝낸 K의 친구, 그리고 다른 대목들과 느티나무 아래에서 담소를 나누었다. 날이 어두워져 내가 오래된 석유등을 가져다 켰다. 불빛 아래 사람들이 고흐의 〈감자 먹는 사람들〉처럼 정겨웠다. 농담으로 그를 위로하는 친구들 앞에서 그는 멀쩡했다. 그러나 늦은 밤 내 서재 안으로 들어와 커피를 마시며 그는 끝내 울고 말았다. 한 존재가 지상에서 사라졌는데 어떻게 괜찮을 수가 있는가. 세상의 모든 부부는 언젠가 빈 둥지처럼 상대를 잃든가 아니면 자신이 먼저 세상을 떠난다. 다만 각기 시간이 다를 뿐이다. 나도 10개월 전에 아내를 보냈다. 아내는 내 첫사랑이다. 어제는 아내가 살아 있었다면 결혼 36주년이 되는 날이었다. 49일 전 아내를 저세상으로 보낸 K의 친구를 위로해 주었다. 먼저 겪은 자가 그래도 아주 조금 더 나은가 보다.

5월 18일

어제는 딸과 사위가 먹실골로 왔다. 연차를 내어 무려 4박 5일을 나와 함께 지낼 예정이란다. 그리하여 산방山房이 오랜만에 시끌벅적해졌다. 처마 밑의 박새 부부가 밤새 잠을 설쳤을 것이다. 박새 집에서 이끼류가 조금씩 떨어져 나와 데크에 떨어져 있다. 새들도 날이 더워지면 홑이불을 차내듯이 둥지의 이끼류를 밖으로 차 낸다는 말을 들었다. 철쭉이 지고 있는 위로 함박꽃나무가 '함박'을 향해 흰 꽃을 무럭무럭 키워가고 있다. 함박꽃나무는 산목련이라고도 불리는데, 그 꽃은 목련보다 덜 화려하지만 자기를 덜 드러내 훨씬 더 귀족적이다. 빛나는 흰색은 어디 다른 세상의 색깔 같다. 짧은 순간, '지금, 여기'에서 증발이라도 할 듯 함박꽃은 어떤 '위'를 향하고 있다. 오두막 인피니튜드는 데크 공사가 한창이다. 이제 데크로 오르는 계단과 바닥재 공사만 하면 완성된다. 집이 지어지는 전 과정을 옆에서 지켜보았다. 들뢰즈G.Deleuze가 말한 대로 모든 것은 무엇 '되기', 즉 생성의 끊임없는 과정에 있지만, 그것에 대한 개념적 지식과 지각은 다르다. 300년 된 거대한 느티나무 아래, 다른 나무들이 모여 집이 되어가는 모습을 매일 '느꼈다'. 나무는 '집-되기'를 통해 내게 성장과 완성의 아름다움을 가르쳐주었다. 느티나무는 거대한 '어머니'처럼 매일 잎사귀를 키우고 늘려가며 오두막을 점점 더 깊이 품는다.

오늘은 광주항쟁 40주년이다. 당시 나는 대학교 3학년, 스물두 살 청년이었고, (광주항쟁이 일어나기 전 '서울의 봄'날 동안 별로 한 일도 없었는데) 수배를 당해 도피 중이었다. 도피 중에 광주에서 '무언가' 벌어지고 있다는 사실을 짐작했지만, 그 실상을 안 것은 그로부터도 시간이 한참 지난 후였다. 포화 속에 돌아가신 분들의 영원한 안식을 빈다.

멈추어 있는 것은 없다

밤새 낙뢰를 동반한 비가 쏟아졌다. 새벽 두 시경엔 바로 집 앞에서 우지끈, 하늘 한 귀퉁이가 터져나가는 소리에 깜짝 놀라 잠을 깼다. 배전반의 스위치가 내려가 집안의 전기가 나갔다. 밖으로 나가 스위치를 올리니 벽의 전기 난방기와 램프, 냉장고에 다시 전기가 들어왔다. 이른 아침에 일어나니 비는 어느새 그치고, 데크 옆의 해당화는 마치 아무 일도 없었다는 듯 환한 얼굴이다. 연분홍 꽃마다 살진 꿀벌들이 들랑날랑한다. 저들은 간밤의 사나운 폭풍우와 가슴을 찢는 천둥소리를 어떻게 견뎠을까. 겉으로 볼 때 자연은 멈춘 풍경 같지만, 들여다보면 그 안에도 노동과 생계, 생로병사에 평등하게 시들어가는 몸들이 있다. 이른 아침부터 꿀을 채취하기에 바쁜 꿀벌들에게도 엄격한 조직과 사회적 규율이 있다. 아, 나와 하등 다를 바 없는 저 생물들에게 '미물微物'이라는 이름을 붙일 수 없다. '미물'이란 '작고 변변치 않은 물건'이라는 뜻이다. 생명 있는 모든 것에 누가 감히 저런 이름을 붙이는가. 인간은 지상에서 타자들을 착취하고 전유專有하는 가장 살벌한 능력과 시스템을 소유한 존재다. 그 틈바구니에서 똑같이 귀한 다른 존재들이 악착같이 그들의 생명을 유지해가고 있다. 어제는 안토니오 네그리A.Negri와 마이클 하트M.Hardt 공저인 『공통체』에서 '소유 공화국'이라는 용어를 만났다. 이 책에 쓰인바 "'개인'이라는 개념은 존재가 아니라 소유에 의해 정의된다."

오늘은 계간《시작》여름호에 실릴 서평 '시의 길을 여는 두 가지 방식—이재무 시집 『데스밸리에서 죽다』와 정병근 시집 『눈과 도끼』 읽기' PDF 파일 교정을 해야 한다. 길지 않은 글이므로 그렇게 많은 시간이 걸리지 않을 것이다. 그것을 끝내고도 나에게는 긴 하루가 저축되어 있다. 감사할 일이다. 폭풍우와 낙뢰를 잘 견디고 이른 아침부터 해당화에 출근해 열심히 일을 하는 꿀벌들처럼, 풍뎅이는 작은 벌레들을 찾으러 숲속을 날고, 구름은 다른 비를 내리려는지 큰 하늘을 사선射線으로 움직이고 있다. 모두가 움직인다. 멈추어 있는 것은 없다. 그러니 저마다 더 좋은 미래를 꿈꾸어도 된다.

***

붉은 철쭉이 지고 나면 흰 철쭉이 피고, 흰 철쭉이 지고 나면 노랑 철쭉과 주황 철쭉이 핀다. 세계는 이렇게 끝없는 연쇄로 이루어져 있다. 붉고 흰 철쭉들이 어젯밤의 폭풍우에 혼절한 오후, 지는 햇살 사이로 주황 철쭉이 당당하게 피어있는 것을 본다. 석양 햇살이 철쭉꽃 대문으로 쏙쏙 빨려 들어가는 것 같다. 주황 철쭉의 서 당당한 현재. 현재는 자신을 과거로 밀면서 도래할 미래를 끌어당긴다. 과거가 된 현재는 부재不在이거나 추억 혹은 악몽이 된다. 주황 철쭉 바로 옆에는 오래전 꽃을 버린 매화나무에 벌써부터 아기의 눈물방울 같은 매실이 열리기 시작했다. 어제부터 연이어 내린 비 때문에 오두막 인피니튜드의 공사는 일시 중단되었다. 아침에 내린 커피를 해 질 녘까지 나누어 마신다. 지난 원고를 교정하고, 써야 할 원고를 들여다본다. 오늘따라 모니터 위로 문장의 시간이 더디 흐른다. 쓴 것과 쓰고 있는 것과 앞으로 쓸 문장들의 먼 길 위에, 철쭉처럼 붉고, 희고, 노랗고, 주황색인 별들이 다채롭게 빛나길. 저녁 어스름의 기차를 타고 곧 칠흑의 밤이 도착할 것이다. 또 하루가 간다.

우리는
끝까지 달린다

아침에 일어나 전기톱 소리가 들려 가보니 K가 오두막 인피니튜드의 현관 문짝을 만들고 있다. 알루미늄 문을 달면 싼값에 간단히 해결할 수 있지만, 그는 굳이 나무 문을 고집한다. K는 원래 통나무집 건축 장인인 대목이지만, 소목小木 일도 못 하는 게 없다. 지금 내가 기거하고 있는 집필실의 싱크대 서랍장도 그가 손수 다 짜 넣은 것이다. 인피니튜드 창틀 옆 작은 나뭇조각엔 "우리는 끝까지 달린다"라는 문구가 쓰여 있다. 아빠를 도와 오두막을 짓고 있는 K의 아들 JH가 써놓은 것이다. JH는 대학생인데 몇 달 전 교통사고를 당해 사경을 헤맨 적이 있다. 뇌를 다쳐 온 식구의 가슴을 졸이게 했으나, 감사하게도 지금은 완치되어 어렵고 힘든 집짓기 작업을 아빠와 함께 하고 있다. JH가 의식이 불분명한 상태에 있을 때 문병을 가서 그의 머리에 손을 얹고 묵언기도를 해주었던 기억이 난다. 내가 알기에 기도의 중요한 속성 중의 하나는 자신이 믿는 신과의 대화다. 때로 대답 없는 대화도 영혼의 평강을 가져다준다. JH가 자신이 써놓은 글귀대로 이번 생애에서 건강하게 "끝까지", 잘 "달"리기를 빈다. 순수하고 아름다운 청년에게는 기분 좋은 향내가 난다. 그리고 그 향기는 항상 '미래'를 향해 있다.

느티나무 옆 취나물 밭은 우단동자들이 점령을 했다. '우단동자'는 '비단옷을 입은 아이'라는 뜻일까. 작년까지 기세등등했던 취나물들은 우단동자 꽃에 밀려 이제 드문드문 떨어져 있다. '꽃들의 전쟁'에서 승리한 우단동자들이 얼마 지나지 않아 붉게 빛나는 꽃을 축포처럼 쏘아 올릴 것이다. 비 온 뒤의 먹실골은 손이 시릴 정도로 추워서, 어젯밤에도 오늘 아침에도 난로에 불을 땠다. 어제는 김밝은 시인의 시집 해설을 쓰기 위해 원고를 다 읽었다. 앞으로도 두세 번 더 읽고 해설 쓰기에 들어갈 것이다. 「살구나무 환상통」이라는 그의 시는 이렇게 끝난다. "어쩌면 밤새 몸살이라도 하고서/ 봄,/ 살구로 몽글몽글 열릴 거예요"

경계에서

추울 때마다 난로에 장작불을 몇 년 때다 보니 요령이 생겼다. 일정 정도 화력이 생긴 후에는 마른 장작을 계속 넣는 것보다 물에 흠뻑 적신 장작을 넣는 것이 낫다. 젖은 장작을 시뻘겋게 타오른 장작 위에 올려놓으면 물과 불 사이에 일종의 '싸움'이 일어난다. 그 싸움은 난로 안의 불과 열기를 훨씬 오래 가게 만든다. 불이 물을 이기는 시간 동안 난로의 온도가 일정하게 유지되면서 젖은 장작도 천천히 불덩어리가 된다. 근 30여 년 전 졸병으로 군대 생활을 할 때도 겨울이면 페치카에 석탄을 물 반죽으로 만들어 때던 기억이 난다. 이렇게 모든 경계에서 '사건'이 일어난다. 사물과 사물, 혹은 세계와 세계 사이의 '접촉'에서 '일'이 생긴다. 글도 마찬가지다. 장-뤼크 낭시J.-L.Nancy의 말대로 "경계야말로 글쓰기가 발생하는 자리"다. 푸른 아침에 파를 뜯으러 나갔다가 고목 사이에 핀 삼색제비꽃을 '만나는' 자리에서 어떤 '생각'이나 '느낌'의 흐름이 천천히 일어난다. 삼색제비꽃은 제비꽃과에 속하는 팬지 종류의 허브인데 팬지보다 훨씬 작고 야무진 꽃을 피운다. 이 꽃을 보면 어떤 '정갈한 아름다움'의 상태가 연상된다. 삼색제비꽃은 나에게 오늘도 군더더기 없이 살 정돈된 생활을 하라는 것인가.

어젯밤에는 늦도록 원고를 읽다가 정태춘의 〈사람들〉, 〈92년 장마, 종로에서〉 등을 유튜브로 들었다. 그 끝에서 우연히 〈5·18〉을 만나고 잠 잘 타이밍을 놓쳤다. 가슴 속에 분노와 슬픔이 격렬한 파도처럼 일어나 빨간딱지(소주)를 한잔 걸치고서야 겨우 잠자리에 들 수 있었다. 긴 휴가를 함께 보내고 있는 딸애가 눈을 감고 음악을 듣는 내 모습을 나도 모르는 사이 흑백사진으로 찍었다. 사진 밖의 내가 사진 속의 나를 들여다본다. 사진 안에, 내가 아는 나와 내가 모르는 내가 있다. 실물의 나와 사진 속의 내가 만나는 '경계'에서 생각의 꽃들이 또 번진다.

환대의 열쇠

어제 오두막의 현관 문짝 공사가 끝났다. 아직 바닥재 공사가 남아 있지만 K가 내게 오두막의 열쇠를 주었다. 물론 이 집은 내 소유가 아니지만, 현재 거주 중인 집필실 외에 나는 이 독특한 오두막 인피니튜드를 또 하나의 집필실로 사용하게 된 것이다. 그러므로 이 열쇠는 '소유'의 열쇠가 아니라, 친구 K가 내게 준 '환대'의 열쇠다. 호메로스의 『오디세이아』를 보면, 트로이 전쟁에 나가 사망한 것으로 잘못 알려진 오디세이의 아내와 재산을 차지하기 위한 "구혼자들의 오만과 폭력이 무쇠의 하늘에까지 닿았다"라는 표현이 나온다. 먼 고대나 후기 자본주의 시대인 지금이나 '소유'는 인간들의 가장 큰 욕망 중의 하나다. 앞에서도 말했지만, 안토니오 네그리와 마이클 하트가 『공통체』에서 "'개인'이라는 개념은 '존재'가 아니라 '소유'에 의해 정의된다"라고 한 것도 바로 이런 이유에서다. 그러나 '환대'는 이 오랜 역사를 가진 '소유 공화국'의 문법을 사정없이 교란시킨다. 그것은

소유의 개념에 구멍을 뚫고 그 자리를 '사랑'으로 채운다. 내가 이 산속 먹실골에서 3년째 배우고 있는 덕목 중에 가장 중요한 두 가지가 있다면, 그것은 '환대'와 '겸손'이다. '겸손'의 위대함과 그 '위력'에 대해서는 언젠가 더 자세히 이야기할 것이다. 이제 오두막 공사가 거의 끝나가서, 책을 읽고 글을 쓸 책상을 내가 사서 들여놓겠다고 하니 K가 점잖게 고사한다. K는 이미 아이디어가 다 짜져있으니까 아무 생각 말고 기다리란다. 장인의 손에서 어떤 나무 책상과 의자가 나올지 궁금하다. 이 세상에 단 하나밖에 없는 책상과 의자가 곧 만들어질 것이다.

아직 책상이 없어서 들어갈 일도 없지만, 아침에 눈을 뜨면 내 발은 몸과 정신을 이끌고 오두막으로 향한다. 길가에 붓꽃이 짙은 보라색 화장을 하고 하늘을 쳐다보고 있다. 금낭화는 붉고 하얀 종소리를 울리며 땅을 내려다보고 있다. 그 모습이 마치 공중에 줄지어 붕붕 떠 있는 아기 천사들 같다. 작은 상록패랭이들이 피어있는 모습도 보인다. 오각형의 핑크색 꽃이 별처럼 생겼다. 상록패랭이의 꽃말은 '영원하고 순결한 사랑'이다. 하늘의 사랑이 언제 내려와 지상의 별이 되었나. 사랑은 영원히.

숭고함과 와플

날이 저물었다. 오두막을 감싸고 있는 느티나무가 어두워지는 하늘을 배경으로 무슨 산처럼 점점 더 커진다. 나무는 밤으로 넘어가는 경계에서 가장 커 보인다. 밤이 깊어지면 그 거대함마저 지워진 암흑의 심연 위로 별들이 찾아온다. 어두울수록 더욱 빛나는 별처럼, 앞이 보이지 않는 가혹한 고통 속에서도 지혜가 자란다. 바닥을 기어본 자만이 별들의 높이를 안다.

오늘은 K가 오두막 인피니튜드 내부의 전기공사를 하였고, 아들과 함께 데크에 페인트를 입혔다. 기둥 색과 조화를 이루며 오두막은 점점 더 환해지고 있다. 완성을 눈앞에 두고 은근히 잔손질이 많이 간다. K는 장인 기질이 있어서 일할 때에는 과도할 정도로 집중을 한다. 한번 몰두하면 쉬지 않고 작업을 하며 식사를 할 생각조차 거의 하지 않는다. 마치 성난 사람처럼 일에 집중하는 그를 보면, 예술의 어떤 단계에서 모든 훌륭한 예술가가 반드시 거쳐야 하는 모종의

'숭고함'이 느껴진다. '숭고함'은 할 수 있는 일의 극단에서 할 수 없는 일로 막 넘어가는 바로 그 경계에서 생겨난다. 그것은 상징계에서 닿을 수 없는 실재계로 전존재를 던져버리는 파열의 순간에 나타난다. 그리하여 모든 '숭고함'은 '불꽃'이다.

오늘은 난생처음 와플을 구워 냉커피와 함께 일을 하고 있는 K에게 가져다주었다. 와플 속의 검은 것들은 탄 것이 아니라 블루베리다. 수동식 기계에 반죽을 넣고 와플이 익어가는 구수한 냄새를 맡으며 잠시 경전을 읽었다. 경전에 "얼굴에 쇠가죽을 쓴 고집 센 자들"(『에스겔서』 3:7)이라는 표현이 나온다. 나에게도 여러 겹의 "쇠가죽"이 있을 것이다. 성숙해진다는 것은, 어찌 보면 그것을 조금씩 벗겨내고 자신의 바깥에서 들려오는 말에 귀를 더 기울이는 일인지도 모른다.

각종 요리에 조금씩 자신감이 생겨간다. 최근까지 요리는 나의 '바깥'이었다. 세 끼니를 손쉽게 해결하니 사는 일이 훨씬 더 수월해지고 있다.

할아버지

이른 아침 빗소리에 잠을 깼다. 까마득히 먼 하늘에서 전속력으로 떨어져 내린 빗방울들이 부엌 지붕을 후드득 후드득 때리는 소리가 들린다. 데크로 나가니 바람과 비와 물안개와 초록 숲이 하나가 되어 흠씬 젖고 있다. 뒷산 낙엽송들도 우렁우렁 바람 소리를 내고 있다. 그 아래 한가로이 걷고 있었을 고라니들은 지금쯤 어디서 비를 피하고 있을까. 집필실에서 불과 50여 미터 떨어진 진흙밭에서 매일 밤 목욕을 즐기는 멧돼지들은 콧김을 푹푹 내뿜으며 비가 그치기를 기다리고 있을까.

팔순이 넘은 K의 아버지는 내게도 아버지뻘이시다. 그래서 나도 그분을 '아버님'이라고 부른다. 할아버지는 읍내에 할머니와 사는 집이 따로 있고, 이곳으로 매일 출퇴근하신다. 말하자면 내 집필실이 있는 여기가 그의 직장인 셈인데, 그 이유는 이곳이 할아버지의 조경 농장이기 때문이다. 이곳에 아름다운 연못이 있고 온갖 꽃과 나무들이 만발하는 이유다. 할아버지는 근 40여 년에 걸쳐 오직 자신의 몸으로 이곳을 '낙원'으로 가꾸어 놓았다. 이곳의 돌 하나, 나무 하나가 할아버지의 손을 거치지 않은 것이 없다. 매일 90cc 오토바이를 타고 와서 종일 일을 하신 후, 해 질 무렵 읍내 집으로 퇴근하신다. 나는 수십 년에 걸쳐 한 사람의 노동으로 완성된 낙원을 뒤늦게 들어와 누리기만 하는 '빚진 자'다. 그리고 그 빚을 갚을 수 있는 유일한 길은 여기에서 좋은 글을 쓰는 것밖에 없다. K는 내가 이곳에 들기 훨씬 전에 그런 아버지를 위해 현재 내 집필실이 있는 오른쪽 건너편에 집을 한 채 지어드렸다. (오두막 인피니튜드는 이 집의 오른쪽 뒤편 느티나무 아래에 있다.) 말하자면 이 집은, 할아버지가 일하시다가 점심도 드시고, 낮잠도 주무시고, 책을 읽기도 하는, 오로지 할아버지만의 공간이다. 저 연세에, 높고 깊은 산 속에 당신만의 이런 공간을 가지고 있는 사람이 대한민국에 과연 몇이나 될까. 방안에는 농업과 조경 관련 책들을 포함하여, 문학, 철학 서적 등 온갖 장서가 가득하다. 할아버지는 읍내의 책방에 주문을 하여 법정 스님의 책도 읽고, 리영희 교수의 『대화』도 읽는다. 내가 쓴 책들은 대부분 밑줄을 쳐가며 읽으신다. 이런 사실을 아는 것은, 내가 할아버지 방의 정수기를 이용하느라 들랑날랑해서 내게 할아버지의 생활이 반쯤 노출되기 때문이다. 내 집필실에도 지하수가 잘 나오지만, 마실 물은 당신 집의 정수기 물을 이용하라는 할아버지의 권고로 매일 이 방을 드나든다. 할아버지는 내가 언제 물을

뜨러 갈지 모르므로 방문의 열쇠를 24시간 꽂아 놓으신다. 몇 달 전엔 새로 나온 내 시집을 드렸더니 열권을 주문하여 친구분들께 나누어 주셨고, 최근에 나온 산문집 『경계에서의 글쓰기』도 한 권을 사인해서 드렸더니 여러 권을 사서 주위 분들께 선물하셨다.

이 집은 통나무집 건축 장인인 K가 지은 첫 번째 '작품'이다. K는 몇 년에 걸쳐 혼자 뒷산의 낙엽송을 잘라 말리고 껍질을 벗기고 대패질하여 이 집을 지었다. 현관 입구에는 현판이 하나 있는데, 거기에는 '상선약수上善若水'라는 노자의 전언이 쓰여 있다. 이 말이 나오는 『도덕경』 8장의 전문을 보면 생각할 거리가 더 많아진다. "최고의 선善은 물과 같다. 물은 만물을 이롭게 하는 데 뛰어나지만 다투지 않고, 모든 사람이 싫어하는 곳에 머문다. 그러므로 도에 가깝다(上善若水, 水善利萬物而不爭, 處衆人之所惡, 故幾於道)." 물은 오로지 지상의 가장 낮은 곳으로만 흐른다. 그 '밑바닥 정신'이 모여 강물이 되고 마침내 바다가 된다.

비가 점점 더 거세진다. 창밖 사과나무는 꽃을 잊은 지 이미 오래, 어린 사과를 키우느라 정신이 없다.

***

집필실 뒤편 언덕엔 할아버지께서 회양목으로 만든 조경물이 있다. 회양목을 '꿈'이라는 글자 모양으로 심어놓은 것이다. 회양목은 나무 질이 단단하여 도장이나 바둑알을 만드는 데 많이 사용되어서 옛날에는 '도장 나무'라 불리기도 했단다. 할아버지는 언덕에 '꿈'의 도장을 찍고, 험한 산에 불과했던 이 일대를 수십 년에 걸쳐 맨손으로 현재의 '낙원'으로 만드셨다. 오늘도 하루 내내 농장 전체의 풀을 깎고 저녁 일곱 시가 다 되어서 부릉부릉 작은 오토바이를 끌고 내려가셨다. 나는 겨우 와플 한 판을 구워드렸을 뿐, 게으른 책상에 오래된 시간이 빠르게 지나간다. 할아버지 덕분에 연못으로 가는 길이 초록 비단길이 되었다. 해지는 저녁 그 길을 따라 걸어가니 연못 위에 이제 막 피어나기 시작한 진홍빛 수련들이 두런거린다. 문득, 이 길이 꿈결 같다. 돌이켜보면, 하루 앞을 알 수 없는 시간이 무수히 지나갔다. 그간 나는 얼마나 자주 시간의 돌부리에 걸려 넘어졌던가. 서녘 노을은 외로이 깊어가고 또 밤이 온다. 나는 다시 무지의 시간으로 들어간다.

지상에도
천국이 있다

아침에 일어나 콩나물 김칫국을 끓였다. 두부도 듬성듬성 썰어 넣었다. 밥을 떠 넣다가 문득, '항구적인 슬픔'이라는 표현이 머릿속으로 지나간다. 롤랑 바르트R.Barthes의 『애도 일기』에는 이런 말이 나온다.

> "시간이 지나면 슬픔도 차차 나아지지요-아니, 시간은 아무것도 사라지게 만들지 못한다: 시간은 그저 슬픔을 받아들이는 '예민함'만을 차츰 사라지게 할 뿐이다."

부지런한 새들이 아침부터 온 숲을 아름다운 노래로 물들이고 있다. 새들은 아무래도 천상의 존재들 같다. 저들에게 '항구적인 슬픔' 따위는 없을 것이다. 아침 안개가 푸른 숲을 파스텔 톤으로 그린다. 태양이 안개의 껍질을 벗기고 온 세상이 투명해지면 '항구적인 슬픔'이 이슬처럼 사라지기를. 나는 또 여느 날처럼 경전을 읽고, 운동을 하고, 책을

읽고 글을 쓰며 슬픔의 빙판 위를 미끄럼 치듯 지나갈 것이다. "슬픔을 받아들이는 '예민함'"이 차츰 사라지고 있으니 다행이다. 무성한 잎을 가득 달고 있는 창밖의 목련도 '꽃의 세월'을 잊은 듯하다.

***

오두막 인피니튜드에 갔다가 내려오니 할아버지께서 6년근 홍삼 한 상자를 주신다. 어르신이 드셔야 할 음식이므로 한사코 마다했으나 결국 내가 밀리고 말았다. 어제 하루 종일 풀을 베시는데 힘들어 보여서 와플을 구워다 드렸더니, 그게 고마워서 그러신단다. 내 아내가 생전에 거의 하루도 빼놓지 않고 할아버지께 간식을 해드렸었는데, 그게 생각이 나서 밤새 잠을 못 이루셨다고 한다. 10개월 전, 아내가 세상을 떴을 때에도 할아버지는 (교통사고로 입원 중이던 병원에서) 우황청심환 없이는 잠을 못 주무셨고, 그의 아들이자 내 친구인 K는 몇 날 며칠을 울면서 술로 보냈다고 한다. 가족도 아닌데……. 세상에 이렇게 선한 분들이 계신다. 너무 고마워서 방에 들어와 혼자 질질 짰다. 지상에도 '천국'이 있다. 하나님, 감사합니다. 이분들을 축복하소서.

외로움으로 껴안기

어제 오두막 인피니튜드의 1층 바닥재 공사, 데크 조명 등 공사 등이 잘 마무리되었다. 다락방의 바닥재 공사와 다락방으로 오르는 계단 공사가 남았지만 사실상 거의 완공된 것이다. 어제저녁 처음으로 신발을 벗고 오두막에 들어가 보니, 아늑한 '내면성'이 느껴진다. 무엇 '안'에 든다는 것의 평안함은 아마도 멀리 어머니의 자궁에서 시작되었을 것이다. 어린 시절 부모의 품 '안'에도 그런 안도와 평강의 시간이 있었을 것이다. 이제 나이 들어 친척 어르신들도, 하늘 같던 은사님들도 다 떠나시거나 많이 아프시다. 늙으신 부모님들은 내게 보호의 대상이지 더 이상 나를 지켜주는 울타리가 아니다. 그러므로 나이를 먹는다는 것은 '안'에서 '밖'으로 쫓겨나는 것이다. 아내마저 잃은 나는 이제 완전히 혼자 '바깥'이 되었다. 그러나 나는 인피니튜드를 꼬옥 안고 있는 거대한 느티나무처럼 '바깥'의 인생을 사랑할 것이다. 내 품 안에 장성해 가정을 꾸린 자식들과 다람쥐 같은 손주들이 뛰논다. 시간이 흐르면서 이제 내가 저들의 울타리가 된 것이다. 모든 '바깥'은 외로우나 그 '바깥'의 '안'은 아늑하고 따뜻하다. 외로움으로 자기 '안'의 것을 껴안는 일을 '사랑'이라 부르자. 어머니의 자궁 안에서부터 성장해 가정을 꾸릴 때까지 그 '안'을 마음껏 누렸으니, '바깥'의 외로움으로 내 '안'에 있는 것들을 껴안는 것도 참으로 복된 일이다. 이제 사랑받을 때가 아니라 사랑을 할 때다. "사랑하기 딱 좋은 나인데"라는 유행가의 가사가 헛말이 아니다. 그리고 내 바깥에서 나를 껴안고 있는 더 크고 영원한 '바깥'이 있음을 믿는다. 나는 또 다른 '안'에 있으므로 외롭지 않다. 외로움과 외롭지 않음의 경계 혹은 겹침.

사랑의 위력

저 평화롭고 아름다운 숲(자연)을 보면 느낀다. 저것을 함부로 건드리는 자들, 궁극적인 의미에서 무사하지 못할 것이다. 최근 코로나-19 팬데믹은 이런 의미에서 인간 앞에 엎드려 착취당해온 것처럼 보이는, 이 세상의 '더 큰 주인'의 엄중한 경고이자 반란이다. 코로나 국면은 또한 경쟁과 불평등의 위계로 구성되어있는 인간의 오랜 피라미드식 '제도'에 대한 경고이기도 하다. 이제 인간들이 마지막으로 살아남을 수 있는 유일한 길이 있다면, 서로 환대하고 나누며 사랑하고 사는 것, 그리고 그것을 어떤 정치적 집단에 의해서도 훼손되지 않는 제도의 형태로 공고화하는 것밖에 없다. 이것은 정치 혹은 이념의 논리가 아니라 생존의 논리다. 바이러스 앞에 가장 먼저 가난한 필수 노동자들, 즉 '에센셜 임플로이Essential-employee'들이 무너지기 시작하면, 그들 없이는 생존할 수 없으면서도 그 위에서 거만을 떨던 저 윗동네 계급도 서서히 쓰러질 것이며, 결국은 모든 것의 파멸이 올

것이다.

그 누구도 섬이 아니다,
그 자체 전체일 뿐.
우리 모두는 대륙의 한 조각이다,
전체의 한 부분.
바닷가에서 흙 한 줌이 씻겨 나가면,
유럽이 그만큼 작아진다.

…(중략)…

모든 사람의 죽음이 나를 작게 만든다,
왜냐하면 나는 인류의 일부분이므로.
그러니 나한테 사람을 보내 묻지 마라
누구를 위해 조종弔鐘은 울리냐고,
조종은 당신을 위해서 울린다.

—존 던J.Donne 「누구를 위해 조종은 울리나」 부분

악한 시스템을 두고 말하자면, 마르크스K.Marx와 엥겔스F.Engels의 선언처럼 "모든 견고한 것들은 대기 중에 산산이 녹아내린다(All that Is solid melts into air)." 이런 점에서 평등과 환대, 더불어 잘 사는 '제도'를 만드는 것은 코로나 이후 인류

최대의 과제로 부상되었다. 가령, 복지는 사랑의 제도적 실천이다. 아무도 그것을 막을 권리가 없다. 자연을 잘 지키는 문제도 이제 더 이상 환경 단체들만의 것이 아니라 전 지구인들의 문제가 되었다. 타자와 세계에 대한 '사랑의 재발명'(아르튀르 랭보A.Rimbaud)을 지속적으로 하지 않는 모든 시스템은, 크든 작든 멸망을 향해 있다. 이것이 흔해 빠진 단어인 '사랑'의 필수성과 위력이다.

***

어제는 모처럼 인사동 '유목민'에 나와 길게 한잔했다. 모 계간지의 편집인으로부터 모종의 글 연재를 부탁받았고 준비 중인 시집의 해설도 예약을 받았다. 동석한 시인들은 막걸리를 나누어 마셨고, 나는 내 취향대로 빨간딱지를 많이 마셨다. 이들을 만나기 전에 낙원상가 근처에서 송해 선생님을 뵙고 안부를 여쭈었다. 그분의 평전『나는 딴따라다』를 낸 지 벌써 5년이 지났고, 우리 나이로 94세인 선생님은 여전히 강건하시다. 취재하느라 선생님과 근 1년을 거의 함께 살다시피 했다. 그는 한류 열풍까지 몰고 온 근현대 한국 대중문화사의 거대한 도서관이다. 기록의 가치가 넘치고 넘친다. 선생님은 평소엔 '상남자'이지만, 내 식구들의 안부를 한 명씩 모두 거론하며 물을 정도로 다정다감하시다. '다정'이라는 단어는 듣기만 해도 기분이 좋다.

죽전 집으로 돌아오는 늦은 밤, 택시 안에서 부음을 들었다. 내가 결혼해 정릉 무허가 판잣집 동네를 떠나기 전까지 유년기와 청년기를 함께 보낸 친구가 말기 폐암으로 세상을 떴다. 그는 평생 독신이었다. 그 외로움이 드디어 끝장난 것이다. 설움에 겨워 집에 도착할 때까지 한참을 속으로 울었다. 오늘 다시 먹실골로 돌아간다. 가는 길에 경기도 여주의 장례식장에 들러 알 수 없는 길로 사라진 불알친구를 조문할 예정이다.

먹실골 집필실의 '꼬마 장미'는 긴 시간에 걸쳐 꽃잎을 열고 있다. 캐나다의 손주들에게도 다녀오고 이런저런 일로 지난겨울 몇 달 동안 집필실을 비웠다. 물도 주지 않는 혹한의 산방에서 다 죽었던 장미는 내가 다시 돌아오자 스멀스멀 초록 이파리를 꺼내기 시작했고, 이제 완전히 살아나 붉은 생명을 뿜고 있다. 가는 것과 오는 것들의 사이에서 나는 혼망昏忘하다. 단 하루 사이에 먹실골이 그립다.

굿모닝, 굿바이

먹실골에 돌아오자마자 짐을 내린 후 오두막 인피니튜드로 갔다. K가 문짝에 손잡이를 달고 있다. 저마다 하는 일이 다르고, 각자의 영역에서 가동되는 상상력이 다르다. 나는 그가 검은색의 주물로 된 손잡이를 인피니튜드의 문짝에 달 것으로 막연히 생각했다. 그러나 그는 쇠붙이가 아니라 산수유나무 가지를 깎아 문짝 안팎의 손잡이를 달고 있었다. 그는 완벽한 '자연주의자'다. 이 집은 처음부터 끝까지 오로지 '나무'다. 집 짓는 일에 관한 한 나는 그의 상상력을 좇아갈 수 없다. 느티나무가 하루가 다르게 더 우거져서 이제 인피니튜드는 느티나무의 품 안에 완전히 안겨 있다. 그 모습에서 나를 안으로 품고 있는 '영원한 품'을 느낀다. 나는 죽는 날까지 안전하고 아늑하다. 해물탕과 새 밥을 지어 K와 저녁을 나누었다. 나의 해물탕에 그는 거의 기절 수준으로 감격하였으나, 그것은 내가 읍내 '농협 하나로 마트'에서 산 것으로 양념부터 육수까지 다 되어 있어서, 내가 한 것이라곤 무와 파를 잘라 넣고 물을 조금 더 넣은 것밖에 없다. 식사가 끝날 무렵 그 사실을 고백했다.

작업 전, 물감 덩어리들 앞에 선 잭슨 폴록J.Pollock의 모습을 본다. 이마에 패인 깊은 주름살, 검은 재킷에 튀긴 흰색의 물감, 그의 오른쪽 어깨 너머에 있는 해골. 우리는 모두 상상력의 코뮌Commune에 선 전사들이다. 책상 옆 테이블에 레온하르트 에멀링L.Emmerling이 쓴 그의 도록과 내 시집 『굿모닝, 에브리원』, 폴 발레리P.Valery가 쓴 『말라르메를 만나다』, 보들레르의 영문판 시 전집을 나란히 놓는다. 따뜻하고 고통스러운 '공동체'가 느껴진다. 창문을 열어놓으니 새들이 너무 가까이에서 울어 마치 방 안에 들어와 있는 것 같다. 박새야, 곤줄박이야, 물까치야, 그리고 집 뒤 봉황산 숲속에 숨어있는 고라니와 멧돼지야, 오늘도 모두 '굿모닝'.

***

아침 먹고 오두막 인피니튜드에 가니 K가 데크에 앉아 혼자 막걸리를 마시고 있다. 이른 아침부터 웬 술이냐고 물으니 후배 C가 세상을 떴다고 한다. C는 가끔 여기에 와서 인피니튜드를 짓는 K를 도와주곤 하던 소방관이자 목수다. 그러다 보니 나와도 친해져서 2주 전엔 최근에 나온 내 산문집 『경계에서의 글쓰기』에 사인을 해서 선물로 주었다. 느티나무 아래에서 술도 함께 마셨다. 그는 운동으로 단련된 밝고 건장한 중년이었는데, 소방관 동료들과 놀러 갔다가 사고를 당했다. 뉴스에도 보도가 되었는데, 방바닥이 갈라진 농막에 장작불을 때고 자다가 일산화탄소 중독으로 질식사했다고 한다. 매일 위험에 처한 사람을 구하는 일이 직업인 사람이 그 험한 일을 당했다. 나는 또 갑자기 서러워져서 K와 인피니튜드 데크에 앉아 함께 아침술을 마셨다. 살고 죽는 게 순간이다. 눈물이 멈추지 않는다. 하늘은 맑고 숲속은 그대로 평안한데, 어제 세상을 뜬 내 불알친구를 포함해 연속해서 죽음의 소식을 듣는다. 그러니 '보편적' 죽음에 대한 사유가 없는 모든 사상은 헛것이다. 방금 차 소리가 나서 인피니튜드에 가니 K가 다시 올라와 느티나무 아래에 혼자 앉아 막걸리를 마시고 있다. "왜 이래! 이러지 마"라고 짐짓 소리를 지르곤 함께 울다가 집필실로 내려왔다. 암중모색이다.

나는 매일 작아진다

이래저래 마음이 길 잃은 배처럼 혼미해서 늦게 잠들었으나 창밖 새소리가 요란하여 잠을 깼다. 창문을 여니 처마 밑에 둥지를 틀고 있는 박새가 후루룩 날개 소리를 내며 밖으로 날아간다. 살아 있는 모든 것에게 분주한 하루가 또 시작되고 있다. 뒤뜰에 가니 오동통 아기 볼처럼 살이 오른 매실 사이로 마치 처음처럼 아침 햇살이 비친다. 오두막에 오르니 하루 사이에 느티나무는 더 울창해진 느낌이다. 오두막 뒤편 느티나무 아래에는 참나리들이 꽃을 준비하며 무럭무럭 크고 있다. 여름이 되면 가지마다 적황색 꽃들을 찬란하게 맺을 것이다. 어제는 K가 혼자 저 느티나무 뒤쪽에 등을 기대고 앉아 후배의 죽음을 애도하고 있었지. 그곳에 가니 그가 마시던 막걸리 병이 슬픈 추억처럼 쓰러져 있다. 할아버지 집 '상선약수' 쪽으로 내려오니 자주달개비가 아침 햇살을 향해 쬐끄만한 트럼펫을 불고 있다.

조금 있으면 멀리서 부릉부릉 소리를 내며 할아버지의

90cc 오토바이가 올라올 것이다. 밤새 할아버지를 기다린 흰둥이는 멀리 산 아래에서 들려오는 할아버지의 오토바이 소리만 나도 펄쩍펄쩍 뛰며 마구 짖는다. 그 소리에 나는 데크로 나가 할아버지가 도착하기를 기다린다. 오토바이에서 내린 할아버지는 나를 보자마자 헬멧을 벗고 90도 각도로 인사를 하신다. 아버지뻘이신 분의 이런 태도에 나는 번번이 당황하며 대략 93도 각도로 인사를 드린다. 먹실골에 들어온 지 벌써 3년째고 이제 서로 식구처럼 가까이 지내는데도 할아버지의 이런 자세에는 조금도 변화가 없다. 할아버지를 통해 나는 매일 나의 각진 부분을 깎아낸다. 나를 매일 깎아내며 조금이라도 더 사람답게 만드는 할아버지의 '숭고한 대패'는 '겸손'과 '환대'다. 겸손과 환대처럼 무서운 것이 없다. 제정신 아닌 사람을 제외하고 누가 겸손과 환대 앞에 무릎을 꿇지 않으리. 할아버지는 특별한 종교도 없이 존재 자체가 겸손과 환대인 분이다. 나는 이 막강한 인성 앞에 매일 무너지면서 조금씩 작아진다. 이제 아침밥을 안쳐야겠다.

낮아져야 볼 수 있는 것

어떤 것이든지, 느끼지 못하면 그것은 없는 것과 마찬가지다. 집필실과 할아버지 집을 오가는 사이에 미나리아재빗과 으아리속의 클레마티스가 지천으로 피어있는데 지금까지 그것을 보지 못했다. 클레마티스는 개량종이 워낙 많아 한국에도 무려 38종이나 있다고 한다. 꽃 색깔도 가지가지다. 나는 그동안 눈에 붕대를 감고 걸어 다녔나. 뻔히 앞에 있는데도 그것을 보지 못한 내 눈에서 그것들은 지금까지 부재의 시간을 보냈다. 그러나 그들의 세계에서 어느 것은 한창 피고 있고, 지고 있으며, 어느 것은 이미 꽃이 진 후 씨앗을 맺고 있다.

클레마티스의 꽃말은 '당신의 마음은 진실로 아름답다'라고 한다. 꽃들은 지나가는 나에게 과분하게도 매일 '당신의 마음은 진실로 아름다워'라고 이쁜 말을 건넸는데 나는 전혀 듣지 못했다. 화사한 꽃잎을, 어떤 희망처럼, 도래할 미래처럼 펼쳐 보여줘도 보지 못했다. 나는 보여주어도 보지 못하고, 들려주어도 듣지 못하는 눈과 귀의 소유자다. 경전을 통독할 때마다, 앞에서 보고 듣지 못했던 말이 마치 처음인 듯 새로 피어난다. 이런 우둔한 사람을 위해 클레마티스는 봄에 꽃을 올리고 가을에 다시 꽃을 피워 두 번의 기회를 준다. 내 서재와 연구실엔 사놓고 읽지 않은 책들이 수두룩하다. 만일 교수들이 지옥 벌을 받는다면, 아마도 그중의 하나는 사놓고 읽지 않은 책을 몽땅 강제로 읽게 하는 것인지도 모른다.

시선은 주체의 관점에 따라 자신도 모르게 선택과 배제를 한다. 그러므로 한 주체의 시선이 보고 느끼는 것을 전부 모아보면, 그 주체가 가지고 있는 사상과 정동情動의 스펙트럼을 확인할 수 있다. 요즘 내 시선에 포획되는 것은 낮은 것, 낮아지는 것들이다. 그것은 내게 '낮아지는' 자세의 결핍이 나름 심각한 지경임을 증거 한다. 교만과 가짜는 높은 곳에서 사물을 '내려다' 본다. 그것들은 대상을 '도구성'의 시선으로만 본다. 숲속에선 '도구성'과 아무런 관련이 없으나 세계의 진짜 주인인 무수한 존재들이 매일 새로운 이야기를 만들어낸다. 그것들은 오로지 보고 듣고 느끼는 자에게만 자신의 문을 연다. 존 버거J.Berger는 자코메티A.Giacometti의 작업에 대해 "본다는 행위가 그에게는 일종의 기도와 같은 것"(『본다는 것의 의미』)이라고 했다. 그 간절함 속으로 들어가 꽃을 피울 수 있다면.

***

아침, 연못가에 가니 붉은 수련이 두런두런 꽃잎을 열고 있다. 아침 햇살 아래 드러나는 것들은 유난히 더 빛이 난다. 저녁이 되면 수련들은 꽃잎을 닫는다. 자연은 매일 아침, 시작을 시작으로, 매일 밤엔 하루의 끝을 끝으로, 정확하고도 정직하게 인지한다. 그래서 숲에는 아침의 활기와 저녁의 평화가 있다. 오두막 인피니튜드로 가니 느티나무의 손끝이 그 아래 밤나무의 손끝을 잡고 있다. 큰 나무는 가지를 뻗을 대로 뻗어 온갖 곤충과 새들을 품고, 다른 나무들에게도 손을 내민다. 느티나무는 하루하루 무성해져서 이제 가지가 땅바닥에 닿을 지경이 되었다. 마치 동산 위에 있는 또 하나의 동산 같다.

막 출근하신 할아버지와 흰둥이가 하룻밤 사이의 즐거운 해후를 하고 있다. 작약은 이제 할 일을 다 했다는 듯 흐드러질 대로 흐드러지고, 매발톱꽃은 발톱 안에 품었던 종소리를 땅바닥에 쏟아붓는다. 연못 바로 아래 작은 계곡에선 아침잠을 깬 가재들이 하품을 한다. 그곳엔 약 1.5 미터 정도의 작은 폭포가 있다. 옛날에는 이 귀여운 폭포의 돌벽에 초록 이끼가 가득했고, 가재들이 초록 융단 가득히 매달려 암벽 등반을 하는 모습을 흔히 볼 수 있었다고 한다. 그럴 때마다 부지런한 할아버지는 그 가재들을 손에 닿는 대로 잡아다 장국을 끓여 드셨다고 한다. 한동안 보이지 않던

가재들이 요즘 다시 나타났다고 할아버지는 너털웃음을 터뜨린다. 가재들이 오르내리던 이 작은 폭포는 뜨거운 여름이 되면 나만의 아지트가 된다. 폭포 아래 너럭바위에 앉아 물소리에 젖어 꿈결처럼 책을 읽거나, 마음이 내키면 옷을 다 벗어 던지고 목욕을 한다. 보는 사람이 없는데도, 옆에서 수십 년 묵은 산수유나무가 누가 볼 새라 거대한 초록 우산으로 나체의 한 인간을 몰래 가려준다. 덮어주고 가려주는 모든 품은 따뜻하다.

'자연'의 사전적 의미는 "사람의 힘이 더해지지 아니하고 세상에 스스로 존재하거나 우주에 저절로 이루어지는 모든 존재나 상태"다. 이렇게 '스스로 저절로' 흘러가는 자연의 평화가 인간의 '자본' 따위에 잠식되고 착취되고 파괴되는 것을 원하지 않는다. 유사 이래 자연의 가장 큰 적은 자본이다. 자본은 '개발(인위성)'의 이름으로 자연을 착취한다. 인간도 결국 자연의 일부이니 어느 편에 서야 하는지 명확하지 아니한가. 인간이 자본으로 넘어갈 때, "우주에 저절로 이루어지는" 법칙이 깨진다. 코로나-19는 자본의 교만이 할퀸 자연의 상처다. 그러나 최종적인 승리는 자연에게 있다. 자본 따위에 질 자연이 아니다.

6월

어제는 노을이 너무 붉어 서러웠다.

접시꽃이 피기 시작했다.

낭만을 들여다보면

산란철을 맞은 뻐꾸기들이 유독 많이 운다. 흔히 '뻐꾹뻐꾹'하고 우는 것은 수컷이다. 암컷은 '삐삐삐삐'하고 울기 때문에 울음소리만으로 뻐꾸기임을 확인하기가 쉽지 않다. 뻐꾸기는 산란할 때가 되면 노랑할미새, 붉은머리오목눈이 같은 다른 작은 새들의 둥지에 알을 낳는다. 뻐꾸기의 알은 파란색이기 때문에 주로 파란색 알을 품고 있는 새의 둥지에 자기 알을 슬쩍 끼워 넣는다. 뻐꾸기는 자신도 모르게 운명적으로 숲속 최대의 '사기꾼'이 된 새다. 사기꾼이기는 뻐꾸기의 새끼들도 마찬가지여서, 부화 후 며칠이 지나면 가짜 어미의 진짜 새끼들을 슬슬 밀어내 둥지 밖으로 떨어뜨린다. 그러면 자식들을 잃은 것도 모르는 가련한 작은 새들은 자기 몸의 몇 배나 되는 뻐꾸기 새끼에게 먹이를 잡아다 열심히 키운다. 뻐꾸기 새끼들은 둥지를 떠날 정도로 자란 이후에도 한 일주일은 더 계속 먹이를 받아먹는다. 그렇게 해서 충분히 독립할 정도의 몸뚱이를 만들면 뒤도 돌아보지 않고 가짜 어미를 떠난다. 조류도감을 보면 다 나오는 이야기다. 먹실골 계곡 아래에서 들으면, 봉화산 낙엽송 숲은 거대한 울림통이 되어 뻐꾸기 수컷들의 노래를 품 안 가득히 채운다. 그럴 때면, 사기꾼의 목소리가 아름다운 숲속의 평화로 둔갑한다. 뻐꾸기는 아직까지 내 앞에 실물로 나타난 적이 없다. 나는 오로지 소리로만 뻐꾸기의 존재를 인지한다. 뻐꾸기의 생존 방식을 보면 숲속도 무시무시한 전쟁터다. 오로지 생존을 위하여 먹고, 속이고, 싸우고, 죽고, 살아남는다. 이런 점에서 영국 낭만주의 시인들의 작품 속에 '평화'의 상징으로 자주 등장하는 자연은 사실과 거리가 멀다. 그들이 본 것은 자연의 '안'이 아니라 '밖'이다. 그래서 그들의 생각은 관광객의 그것처럼 '낭만적'이다.

상선약수의 할아버지는 매일 저녁 대 빗자루로 인피니튜드의 앞마당을 깨끗이 쓰신다. 아침에 오두막에 오르니 마당에 빗자루 자국이 윤슬처럼 잔잔히 펴져 있다. 오두막의 통창 액자는 오늘도 다른 그림을 담고 있다. 느티나무와 밤나무가 더 우거져 먼 산이 많이 가려져 있다. 통창 위의 작은 선반에는 간단한 장식을 걸 수 있는 고리가 박혀있다. 건축에 관한 한 철저한 자연주의자인 K는 그것을 땅바닥에 떨어진 느티나무 가지를 깎아서 만들었다.

어제는 아직 책상이 들어오지 않은 오두막 바닥에 앉아 오전 내내 경전을 읽었다. 통나무 벽에 기대어 다리를 쭉 뻗고 앉아 책을 읽으니, 인피니튜드에서의 최초의 '생활'이 드디어 시작된 셈이다. 세상에, 이런 고요와 정적이 없다. 들리는 것은 창밖 느티나무의 잎새들이 바람에 서로 부딪히는 소리뿐, 나는 절대 고요와 절대 고독의 공간에서 이런 문장들을 만났다.

> 네가 별들 사이에 둥지를 튼다 하여도, 내가 너를 거기에서 끌어내리고야 말겠다.
>
> ―〈오바댜서〉 1:4

> 사람마다 자기 포도나무와 무화과나무 아래 앉아서, 평화롭게 살 것이다.
>
> ―〈미가서〉 4:4

징벌과 축복의 문장들이 몇 쪽을 사이에 두고 나란히 있다. 경전을 관통하는 일관된 논리 중의 하나는 '형평성'과 '상응성'이다. 경전 속에서 악은 벌을 받고, 선은 축복을 받는다. 경전에 따르면, 지상에서 이루어지지 않은 형평성은 다른 세상(내세, The other world)에서라도 반드시 성취된다. 만일 그렇지 않다면, 모순과 불공평으로 가득 차 있는 '지금, 이곳'에서의 삶을 도대체 어떻게 설명하고 받아들여야 할까. 신학적 사유와 비신학적 사유의 다름은, 죽음의 순간에 도래할 '다른 세상'의 존재 여부에 대한 생각의 차이다. 어려운 문제다. 문득 뭇사람들을 졸개처럼 거느리고 골프장을 활보하던 어느 학살자가 떠오른다. 겉보기에 잘 사는 게 전부가 아니다. '잘 산다'는 문장은 해석하기에 따라 끝이 잘 안 보이는 우물 같다.

나무의 속살에 들다

집필실 창밖 처마 밑에 둥지를 튼 박새는 소리를 '끓이는' 새다. 그의 노래는 비등점을 넘은 물소리 같다. 늘 '지글지글 지글지글 지글지글'하고 울어서 듣기만 해도 웃음이 나온다. 나는 혼자 빙그레 웃으며 박새에게 질문을 던진다. "넌 도대체 매일 무엇을 그리 끓이는 거냐."

어제 늦은 저녁을 마칠 무렵 K가 직접 갈아 만든 콩국물과 텃밭에서 뜯은 상추를 한 다발 가져다주고 내려갔다. 내게 그것을 주기 위해 K는 한밤중 깜깜 산중의 외길을 올라온 것이다. '너무 고마워서 슬픈 것'이 어떤 건지 조금 알 것 같다. 사실 삶과 세계의 진실은 '형용모순' 속에 있다. 점심때는 에어프라이어로 고등어를 구워 할아버지께 갖다 드렸다. 할아버지는 평소처럼 내게 90도로 감사의 인사를 하셨고, 나는 또 엉겁결에 빌빌대며 93도로 고마움의 인사를 드렸다. 체화된 '겸손' 앞에서는 까딱 잘못하면 실수하기 쉽다. 겸손에 제대로 응대하는 유일한 방법은 더 체화되고 더 큰 겸손밖에 없다. 거기에 이르려면 나는 아직 유아 중의 유아다. 환대의 작은 공동체 안에서 나는 우주같이 거대한 행복을 느낀다.

점심을 먹은 후 소화도 시킬 겸 처음으로 할아버지의 고구마밭에 산책을 갔다. 그래 봐야 집필실에서 몇십 미터 거리인데 어쩐 일인지 나는 아직 그곳을 간 적이 없다. 지금의 고구마밭은 원래 큰 연못이 있는 언덕 아래의 작은 연못이었는데, 할아버지께서 올봄에 흙으로 메꾸어 밭으로 만들었다. 그새 제법 자란 고구마들이 길게 횡대로 늘어선 채 따가운 햇살을 받고 있다. 보이지 않는 땅 밑에서 한창때 총각들의 아랫도리처럼 고구마가 굵어가고 있을 것이다. 고구마밭을 빙 돌아 할아버지가 새로 만든 조형물들이 여기저기 보인다. 마치 조각 작품처럼, 옹기공장에서 얻어온 깨지고 터진 항아리들 안에 예쁜 꽃들과 나무들이 얼굴을 내밀고 있다. 위실나무는 갈라진 항아리 안에 들어가 연분홍 꽃들을 올리고 있고, 왠지 뜨거운 입술이 느껴지는 붉은 샐비어, 빨간 동그라미 안에 작은 흰 동그라미를 품고 있는 버베나들이 깨진 항아리 안에 옹기종기 앉아 있다. 식물도감을 보니 버베나의 꽃말은 '단란한 가족'이다. 먹실골 사람들에게 딱 어울리는 이름이다. 그러고 보니 사랑 외에는 아무것도 모르는 이쁜 것들이 모여, 어둠이라고는 한 줌도 찾아볼 수 없는 얼굴들을 내밀고 있다. 새삼 '아름다움'에 대한 할아버지의 집요한 궁구窮究를 생각한다. 그분의 놀라운 겸손과 환대는 '아름다움'의 색채까지 입어 더욱 빛난다. 그러나 그 빛은 거대한 느티나무 그늘처럼 자신을 최대한 드러내지 않으며 타자들을 품는다.

어제는 아침부터 저녁까지 인피니튜드에 머물렀다. 지은 지 며칠 안 되어 실내가 편백나무 향으로 가득하고 그윽하다. 마치 나무의 속살에 들어와 있는 것 같다. 몇 달에 걸쳐 (드디어!) 경전 통독을 끝냈고, 카뮈A.Camus의 산문집을 다시 읽었다. 한번 본 산문은 대체로 다시 읽지 않는데, 내게 카뮈는 예외다. 그의 글을 보면 문학이 세계의 '재현', 혹은 그런 의미에서의 '반복'이 아니라, 다른 세계의 '창조'라는 것을 절감한다. 그는 세계를 관찰하고 글을 쓰지만, 그의 글은 자맥질하듯 그것 위를 마구 넘나들며 새로운 세계를 만든다. 그것은 오직 문학 혹은 예술에서만 느낄 수 있는 공간이며, 진정한 작가만이 할 수 있는 일이다. 〈티파사에서의 결혼〉 같은 산문에는 엄연한 현실 속에서 신성의 환상적인 아름다움을 읽어내는 한 예술가의 놀라운 관찰력과 기술이 들어 있다. 오후엔 어느 언론사 논설위원의 갑작스러운 전화 인터뷰를 오래 하느라 내 몸에 스며들던 오두막의 고요가 다 빠져나가버렸다.

친구 K가 마을의 공동사업에 재능기부를 하느라 갑자기 바빠졌다. 그가 책상을 짜기 전에 빨리 오두막에 들고 싶어서 집필실에 있는 여분의 가구와 노트북, 스피커로 간단한 서재를 꾸몄다. 그야말로 '미니멀리즘'이다. 그러나 책을

읽고 글을 쓰는 데 필요한 물건들이 들어가니 공간의 '내면성'이 훨씬 깊어졌다. 저녁에 집필실로 돌아오니 작은 집필실이 마치 편의시설을 잘 갖춘 거대한 별장 같다. 이 모든 것을 K와 할아버지가 내게 제공했다. 그러니 엄살떨지 말고 잘 살자.

유언으로서의 흔적

지난주 불의의 사고로 세상을 뜬 K의 후배 C는 죽기 전에 집을 짓고 있었다. 그 집에 부모님을 모시고 함께 살 계획이었다. C는 소방관이었으나 틈틈이 집 짓는 기술을 배워서, 내 친구 K, 그리고 다른 두 명의 목수들과 매우 돈독한 사이였다. 이들은 '단톡'도 함께 했는데, 최근에 나와 우연히 만나 느티나무 아래에서 한잔하면서 그 모임의 영어 이름을 지어달라고 부탁했다. 내가 할 일은 목수들을 뜻하는 영어 'Carpenters' 앞에 좀 "가오 있어 보이는"(?!) 형용사를 다는 일이었다. 그런데 내가 그 이름을 채 짓기도 전에 C는 갑자기 세상을 떴고, C가 짓던 집은 공사가 중단되고 말았다. 오늘 K로부터 전해 들으니, C의 부모님이 이들에게 C가 짓다만 집을 마저 지어달라고 부탁을 했으며, 아직 충격에서 벗어나지 못하고 있는 나머지 친구들이 모두 달려들어 그 집을 완공하기로 했다고 한다. 그들 중에는 암으로 아내를 잃고 사십구재를 끝낸 지 얼마 안 되는 목수도 있다. 그는 어제 내 집필실에 전자레인지가 없는 것을 알고, 사용한 지 얼마 안 되는 전자레인지 한 대를 깨끗이 청소해 가지고 왔다. 그 슬픔 속에 어떻게 이런 마음의 여분이 있는지 그저 감사할 따름이다.

자크 데리다는 죽기 몇 달 전 "Every trace is in essence testamentary"라고 하였다. 조금 거칠게 번역하면 "모든 흔적은 본질적으로 유언이다"라는 말이다. 그는 또한 죽음을 앞두고 "글(쓰기) 안에서 나는 나의 죽음을 산다(I live my death in writing)"라고 말했다. "죽음을 산다"라는 문장은 삶과 죽음의 경계를 지운다. 죽음은 흔적을 남기며 계속 살아 있기 때문이다. 데리다가 세상을 떴어도 그가 남긴 글들은 그의 '삶'의 흔적이자 유언으로 살아 있다. C가 짓다 만 집은 그러므로 C의 '흔적으로서의 유언'이며, 친구들이 그 집을 완성하는 것은 그 유언을 완성하는 일이다.

할아버지 집 왼편 고목에 은엽아지랑이 꽃이 피기 시작했다. 초록색의 가늘고 솜털처럼 부드러운 잎새들은 시간이 지날수록 은색에 가까워진다고 한다. 이파리들은 너무 작고 부드러워서 마치 초록 아지랑이 실들처럼 몽롱하게 바닥에 깔려 있다. 그 안에서 바늘처럼 가늘고 긴 꽃대궁이 올라온다. 그 끝에 새끼손톱보다 작은 노란 꽃이 핀다. 그 꽃은 너무 작아서 자세히 보지 않으면 잘 보이지도 않는다. 마치 무변광대한 우주에서 길을 잃고 떠 있는 쪼그마한 우주선 같다. 할아버지의 은엽아지랑이는 지난 겨우내 죽지 않고 푸른 은빛으로 계속 살아 있었다고 한다. 이파리를 만져보면 연약하고 부드럽기 짝이 없다. "이렇게 약해빠진 것이 어떻게 겨울을 났을까요" 하고 여쭈니, "약한 것이 강하다는 말도 있잖아유"라는 할아버지의 대답이 돌아온다. 생각해보니 약하나 강한 것들의 흔적과 유산으로 내가 살고 있다. 문학도, 예술도, 철학도, 성자聖者들의 생애도, 약하나 강한 것들의 목록이다.

다름 아닌 '다름'으로

어젯밤 늦게 딸과 사위가 먹실골로 온다고 해서 읍내장에 나갔다. 고기도 사고, 감자도 사고, 빨간딱지도 사고, 기름집에 가서 고기에 찍어 먹을 국산 참기름도 샀다. 소주병 하나 크기의 참기름 값이 중국산은 5천 원, 국산은 2만 원이다. 그것도 5년 전 가격이란다. 나 혼자 먹으면 중국산을 살 텐데 아이들이 먹을 것이니 국산으로 산다. 공장에서 나온 참기름하곤 비교 불가능할 정도로 향이 강하고 맛이 좋다. 참기름을 사는 김에 들기름도 한 병 샀다. 내려오는 길에 들른 작업장에서 땀을 뻘뻘 흘리며 일을 하고 있던 K가 생각나서다. K는 향이 강한 참기름보다 담백한 들기름을 더 좋아한다. 단골 정육점에 가서 벌집삼겹살 1100그램을 샀다. 먹실골에 아이들이 오면 술안주로 워낙 자주 먹다 보니, 이제 무슨 고기이든 우리 셋이 먹으면 1100그램이 가장 적당한 양이라는 것을 잘 안다. 진열된 고기 중에 '쫄깃살'이 눈에 띄어서 그것도 한 팩 샀다. 이 가게에서만 판매하는 돼지고기의 특별 부위인데, 이름 그대로 쫄깃쫄깃하고 기름기가 거의 없다. 평소 고기를 별로 좋아하지 않는 K가 정말 맛있다고 사들고 와서 함께 먹은 적이 있다. 읍내에서 장을 다 보고 오르다보니 K는 먹실골 입구 작업장에서 여전히 일을 하고 있다. 들기름과 쫄깃살을 전하니 어쩔 줄을 몰라한다. K는 (거의 천성적으로) 남에게 줄줄만 알지 받는 일을 아주 불편해한다. 그래서 무언가를 주기도 아주 힘들다.

초등학교 입학 후 그때그때의 위치만 계속 바뀌었지 홍천에서 '쫄따구'로 군대 생활을 한 것을 제외하면 나는 60이 넘은 지금까지 '학교'라는 곳을 떠난 적이 없다. 그러니 누가 나를 보고 '학빼리'라고 불러도 나는 할 말이 없다. K는 대학까지 나왔지만 나와 달리 무수하고도 다양한 경험의 소유자다. 그가 살아온 이야기를 듣다 보면 거의 영화 같다. 내가 영화감독이었다면 K의 삶을 소재로 깊고, 쓸쓸하고, 여운이 있는 영화를 제작했을 것이다. 말하자면 K는 주로 경험을 통해 지혜에 도달한 사람이다. 나로 말할 것 같으면 별 지혜도 없지만 (그나마 있다면) 그것은 거의 책을 통해 얻은 것이다. K와 나는 이렇게 영역이 다르고, 이 '다름' 때문에 더 가까워졌다. 서로 뻔한 대상이라면 재미없었을 것이다. 그러나 그가 가지고 있는 것이 내게 없고, 내게 있는 것이 그에게 없는 지점에서, 사람에 대한 '호기심'이 생긴다. 그리고 이 호기심은 비교적 긴 시간을 거치며 '이해'로 발전하고, 어느 순간 '이해'는 '환대'로 발전한다. 모든 사람 관계에 이런 '긍정적' 발전이 보장된 것이 아니므로, 우리는 서로 복을 받은 사람들이다.

뉴스 업무를 담당하는 직업의 사위와 딸이 어젯밤 열두 시가 거의 다 되어 도착했다. 빨간딱지 술판은 동이 틀 무렵에야 끝났다. 딸애는 먼저 잠자리에 들고 사위와 데크에 나가니, 푸르른 새벽 숲속에서 헤아리기 힘들 정도로 많은 새들이 동시에 지저귄다. 그중에는 부지런한 장닭의 우렁찬 새벽 나팔소리도 섞여 있다. "이건 완전히 새들의 오케스트라군"이라는 나의 말에 사위도 고개를 끄덕이며 동의한다. 지금 아침 열 한 시가 다 된 시간에 일어나 오두막 인피니튜드에 와서 일기를 쓴다. 사위와 딸은 아직도 꿈결 속에 있다. 원래 금요일에 와서 토요일에 돌아가려 했으나, 아빠와 하루라도 더 함께 지내려고 늦게라도 어젯밤에 왔다고 한다. 이쁜 것들은 꼭 이쁜 짓만 한다. 어젯밤 아이들이 도착하기 전 K가 또 가져다준 콩물로 콩국수를 해서 바쳐야겠다. 이럴 줄 알고 어제 읍내에서 고명으로 쓸 오이도 사 왔다.

백면서생

어젯밤에는 데크의 야외 테이블에서 딸, 사위와 즐거운 시간을 가졌다. 사위가 읍내에 나가 회를 떠왔다. 사위는 별도의 새우튀김까지 포함하여 충분한 양의 광어회와 곁들이 찬까지 사들고 왔다. 그 사이 나는 배가 고프다는 딸애를 위해 '아빠 표' 김치볶음밥을 만들어 주었다. 읍내에서 돌아온 사위도 내가 만든 김치볶음밥을 맛있게 먹었다. 처마 밑의 전등 대신 빨간 석유등과 촛불을 켜고 밤이 이슥하도록 빨간딱지를 마셨다. 보름달이 차올라 사방이 환한 봉화산 숲속에서 검은등뻐꾸기가 밤새 울었다. 검은등뻐꾸기는 정확히 네 박자로 우는데 그 소리를 흉내 낸 '홀딱벗고새'라는 별명을 가지고 있다. 검은등뻐꾸기는 밤새도록 '홀딱벗고' 울더니, 지금 내가 이 글을 쓰고 있는 아침에도 가까운 숲속에서 계속 '홀딱벗고, 홀딱벗고, 홀딱벗고'를 반복하며 지저귀고 있다.

어제 낮에는 인피니튜드에서 『내 아버지 장욱진』을 읽

었다. 대학 시절 민음사에서 나온 장욱진의 산문집 『강가의 아틀리에』를 감명 깊게 읽었던 기억이 난다. 모든 시간을 그림 그리기에 바치고 남는 시간엔 술을 마신다던 그는 그림만 아니라 글쓰기에도 탁월한 재능을 가지고 있다. 그의 글의 힘은 진심 혹은 진실한 삶 자체에서 나오는 것이어서 울림이 매우 크다. 내 집필실 벽에는 장욱진 '선禪' 시리즈 판화가 한 장 걸려 있다. 나는 그의 단순함과 그것에 이르기까지의 고되고 복잡했을 어떤 사유의 과정을 사랑한다. 내가 사는 동네에 그가 말년을 보냈던 '장욱진 고택'이 있는데, 몇 년 전 그곳을 방문했다가 『내 아버지 장욱진』의 저자인 장경수를 포함해 우연히 그의 가족들을 한꺼번에 만났던 기억이 난다. 장욱진의 맏사위가 나를 데리고 전시장의 그림들을 하나하나 설명해주던 기억도 난다. 당시에 아흔 살이 넘었으나 아주 단정하고 정정했던 장욱진의 부인과 함께 찍은 사진도 가지고 있다. 지금은 소식을 모르나 부디 건강하시기를 빈다.

어제 K가 오두막 앞마당에 깔 보도블록을 트럭에 싣고 왔다. K의 가족들과 약 500여 장의 벽돌을 트럭에서 내려 마당에 쌓아놓았다. 퇴근하시던 할아버지는 그 일로 내가 몸살이 날까 큰 걱정을 하셨다. 백면서생 같은 인간이 '난닝구' 바람으로 벽돌을 나르는 모습이 짠했나 보다. 나는 짐짓 과장해 내 팔뚝 근육을 보여드리며 아무 걱정 마시라고 했다. 오토바이에 오르기 전 할아버지는 "자, 이제 퇴근해유"

라시며 또 90도로 고개를 숙이신다. 나도 서둘러 93도로 절을 드리며 조심히 내려가시라고 했다.

사유의 출발점

어제저녁 딸과 사위가 집으로 돌아갔다. 먹실골은 다시 적막강산이 되었다. 소란은 소란대로 즐겁고, 적막은 적막대로 영혼의 살집을 키운다. 어젯밤엔 검은등뻐꾸기 대신에 소쩍새가 빈 산을 지키며 울었다. 소쩍새 울음은 언제 들어도 아련한 슬픔을 불러일으킨다. 채워지지 않는 그 무엇을 위해 너는 밤새 같은 울음을 계속 우느냐.

늦은 밤 완성된 원고의 교정을 보았고, 새로 원고 청탁을 받았다. 단타短打 원고들을 줄줄이 쓰다 보니 마감일을 넘긴 단행본 『문예사조로 본 인간과 세계: 길가메시 신화에서 포스트모더니즘까지』(가제)의 집필이 계속 늦어지고 있다. 며칠 전엔 출판사로부터 확인과 독촉의 메일까지 받았다. 마감일을 좀체 어기지 않는데, 단행본의 경우엔 사정이 좀 다르다. 매일 일정한 양을 정해놓고 꾸준히 쓰지 않으면 작업이 무한정 지연된다.

헤밍웨이는 오후의 바다낚시, 그리고 저녁부터 늦은 밤

까지 이어지는 어부들과의 거칠고 시끌벅적한 술자리를 즐길 '자격'을 얻기 위해, 매일 아침 '일정량'의 원고를 반드시 끝냈다. 쿠바에서 작업할 때, 그는 긴장도를 최대한 높이기 위해 선 채로 타자기를 두드려댔다. 그의 대표작 중의 하나인 『노인과 바다』에 "인간은 파괴될 수는 있지만, 패배하지는 않는다"라는 유명한 문장이 나온다. 헤밍웨이의 '불굴의' 기백을 잘 보여주는 문장이다. 그러나 나는 이 문장보다 "내가 너무 멀리 나왔어"라는 자기성찰의 문장을 훨씬 더 좋아한다. 주인공인 노인 산티에고는 자기의 '과욕'이 자신과 자신이 잡은 청새치의 '파멸'을 가져왔다고 '성찰'한다. 노인이 청새치에게 "미안하구나, 내가 너무 멀리 나왔어. 내가 우리 둘을 파멸시킨 거지"라고 고백할 때, 헤밍웨이는 교만한 '근대성'의 문턱을 이미 넘어서고 있다.

대부분의 꽃이 아름답지만 꽃말까지 다 그런 것은 아니다. 산책 중 우연히 만난 보랏빛 로벨리아의 꽃말은 '악의, 불신, 원망, 절교'란다. 저 아름다운 꽃에 누가 저런 부정의 기의記意들을 가져다 붙였을까. 피조물치고 온전한 아름다움, 온전한 선만 가지고 있는 존재는 없다. 인간은 더더욱 그러하므로 자기성찰은 모든 훌륭한 사유의 출발점이다.

우리는 친구다

오두막 인피니튜드에서 서평을 쓸 시집을 읽고 있는데 K가 올라왔다. 요즘 마을 공동사업에 재능기부 하느라 바쁜데 그 와중에 인피니튜드의 다락으로 올라가는 계단공사를 하러 온 것이다. K가 노트북을 켜니 계단의 설계도가 뜨는데, 그에게는 그것이 간단한 것이겠지만 수학에 지독한 알레르기가 있는 나 같은 사람이 보니 머리가 빠개질 것처럼 복잡하다. 눈으로 보기에 단순하게 생긴 계단도 저렇게 복잡한 계산을 통해 만들어지는 것이구나. 기둥과 발판의 각도와 넓이 그리고 길이가 머리 아프게 그려져 있다. 그것들을 자르고 이어 붙여서 우리가 아무 생각 없이 오르내리는 계단이 만들어지는 것이다. 새삼 K와 내가 서로 전혀 다른 영역에 종사하고 있음을 느낀다.

K와 나는 친구 사이이다. 그런데 K는 나를 '교수님', 나는 K를 '선생님'이라고 부른다. 나이 차도 조금(?) 난다. 그리고 서로 존대를 한다. 그래도 우리는 친구다. 친구가 별것인가.

서로 이해하고 환대하는 사이면 친구지. 우리들의 대화는 대체로 "쉬발"에서 시작해서 "쉬발"로 끝나는데, 그것은 서로 상대를 향해 하는 말이 아니다. 그것은 우리를 열 받게(K에 의하면 "가스 차게") 하는 세상, 우리를 슬프게 하는 것들, 우리를 기만하는 것들, 그리고 때로 어리석고 부족한 우리 자신들을 향해 날리는 후련한 '추임새'다.

별 도움도 안 되면서 K의 작업 현장에서 빈둥거리다 보니 어제까지 입 다물고 있던 우단동자들이 어느새 환한 보라색 꽃들을 피워 올렸다. 이름 그대로 깃털 같은 비단옷(우단)을 입은 아기들 같다. 그것들은 오로지 순수밖에 없어서 왠지 슬퍼 보인다. 마치 이 세상에는 전혀 없는 존재들이 잠시 나타나 얼굴을 디민 것 같다.

낮에 창문을 열어놓고 인피니튜드에서 일을 하다 보니 느티나무는 오두막만 품고 있는 것이 아니라, 수많은 곤충과 새들을 안고 있다. 나비 애벌레는 거미줄 같은 가늘고 긴 줄 끝에 매달려 바람에 따라 움직이며 부드럽게 그네를 탄다. 300살 이상 된 느티나무는 덩치가 하도 커서 창밖을 내다봐도 어디에 어느 새가 있는지 잘 보이지 않는다. 음계를 달리하는 수많은 새들이 각자 저마다의 목소리로 울고, 후루룩, 푸드덕, 퍼드득, 후룩, 투두둑, 각기 다른 날갯소리를 내며 날아다니는 소리만 들린다. 집필실 처마 밑에 사는 부부인지는 모르겠으나 박새들도 여전히 '지글지글, 지글지글' 하며 소리를 끓이고 있고, 내가 좋아하는 물까치들은 '까악

까악' 제법 큰 소리를 내며 바삐 날아다닌다. 어느 가지에서인지 딱따구리가 바람통이 된 느티나무 가지 일부를 두드리며 저만의 연주에 골몰하고 있다. 딱따구리는 이 가지 저 가지를 옮겨 다니는지 바람통의 크기에 따라 계속 다른 소리를 낸다. 딱따구리의 주둥이가 두드리는 대로, 작고 가는 바람통에서는 높은 음이, 굵고 넓은 가지 통에서는 저음이 울려 퍼진다. 나는 이 공명이 하도 아름다워 잠깐 책 읽기를 중단하고 그것에 귀를 기울인다. 이렇게 예상치 못한 어느 짧은 순간에 생은 갑자기 놀랍도록 아름답게 빛난다. 이런 때에는 '다른 어떤 세상'에 대한 상상력이 갑자기 사라진다. 나는 아무것도 바라지 않는 무구無垢의 상태가 되어 나 자신의 존재조차 잊어버린다. 그러나 책으로 들어와 보면 세상에는 여전히 무수한 다른 '주름'들이 얽히고설켜있다.

K는 오두막 옆, 느티나무 아래 긴 반원형의 데크 위에 있는 나무 테이블을 전기 샌드페이퍼로 밀고 오일페인트를 발라 순식간에 새것으로 바꿔놓았다. K의 부인이 다락방 계단공사 중이던 K에게 문득 부탁을 하니 그야말로 단숨에 해치운 것이다. 오랜 세월을 거쳐 거무죽죽하던 테이블이 속무늬를 다시 드러내고 느티나무의 초록을 환하게 받아낸다. 거기 앉아서 화투를 치든, 커피를 마시든, 빨간딱지를 한잔하든, 뭔가 크게 '한판' 벌려야 할 것 같은 욕심이 생겼지만, 오늘은 할 일이 많다. 갑자기 내 시의 한 대목이 떠오른다.

그대 아직 한참 더 가야 하니
외로움을 피하지 마라

—「가을, 강진」

다락방이 열리다

어제 드디어 오두막 인피니튜드의 다락방으로 올라가는 계단공사가 마무리되었다. 나는 안에서 서평 원고를 쓰고, 밖에서는 K가 요란한 전기톱 소리를 내며 나무를 깎았다. 시끄러운 소리를 들으며 글을 쓰는데, 이상하게도 묘한 집중력이 가동되었다. 짧은 시간에 20매 정도의 원고를 썼다. 글을 쓰다가 문득 밖이 너무 조용하여 문을 열어보니 계단공사에 필요한 나무의 재단을 끝낸 K가 데크에 고요히 앉아 있다. 나를 배려하여 내가 글쓰기를 끝내고 밖으로 나오기만을 기다리고 있었던 것이다. 내가 나와야 작업을 할 수 있으니 그런 것인데, 여러 일로 바쁜 K를 나도 모르게 기다리게 해서 미안했다.

K는 오두막에 들어와 일사천리로 계단을 조립했다. 바로 눈앞에서 완성되어가는 계단을 보면서 '전문성'의 위대한 힘을 느낀다. 가파른 계단을 오를 때 다리가 발판에 부딪히는 것을 방지하기 위하여 K는 각 발판에 좌우를 번갈아

가며 반원형의 홈을 파놓았다. 그래서 다락방으로 올라가기도 편하지만, 위에서 내려다보니 무슨 추상 예술작품처럼 굉장한 조형미가 느껴진다. 이렇게 해서 다락방의 공간이 드디어 열렸다. 내가 주로 작업을 하는 1층과는 사뭇 다른 분위기다. 다락방에는 무언가 '비밀'을 만들고 싶게 하는 아늑함과 고요함과 분리감이 있다. 그래서 아이들이 다락방을 좋아하나 보다. 앞뒤로 창이 있는데, 창밖의 풍경도 1층의 그것과는 다르다. 소나기가 오는 여름, 느티나무와 오두막 지붕에 떨어지는 빗소리를 들으며 이곳에서 잠을 자거나, 아무도 모르는 나만의 글을 쓰고 싶다. 이틀 전에는 인피니튜드에서 시를 두 편이나 썼는데, 누구에게도 보여주지 않으니 영혼의 큰 저축을 한 느낌이 들었다. 그저께는 오두막에서의 가끔의 잠자리를 위해 슬리핑백을 주문했다. 느티나무 위에서 별들이 밤새도록 검은 하늘을 천천히 회전할 때, 나는 무슨 꿈을 꿀까. 글 쓰는 일을 존중해주고, 이런 공간을 내게 제공해준 K와 할아버지께 고개 숙여 감사를 드린다.

어제 오전 계단 공사가 끝난 후 K와 점심을 먹고 죽전 집으로 왔다. 오늘 낮에는 수필가인 명예교수 P와 점심을 나누어야 하고, 저녁에는 근처에서 정기 강연을 해야 하기 때문이다. 가끔 먹실골을 떠나면 미루었던 약속들을 이런 식으로 한꺼번에 해소한다. 어젯밤에는 우리 동네까지 찾아온 시인 L과 저녁을 나누었다. 그는 항공기 엔진의 신소재를 연구하는 첨단 과학자이자 교수인데 시를 쓴다. 작년에 그가

내게 시집 해설을 부탁해왔고, 그 시집이 올해 출판되었다. 그의 시에는 수많은 과학 용어들이 등장하고, 그것이 매우 독특한 언어의 무늬를 만든다.

그와 헤어져 오랜만에 죽전 집 서재에 들어 롤랑 바르트의 『사랑의 단상』을 다시 읽었다. 51쪽에 "존재의 광란"이라는 표현이, 74쪽에 "고뇌의 황폐"라는 말이 나온다. 바르트의 힘은 독자의 상상력과 사유능력을 계속 자극하는 언어에서 나온다. 그의 표현대로 "말이란 가장 격렬한 변질을 일으키는 미세한 화학물질"이다. 좋은 책은 나에게 "격렬한 변질"을 가져다준다. 그러므로 가짜 안락만 줄 뿐 지적 열등감을 자극하지도, 영혼의 도전도 없는 책은 모두 가져다 버려야 한다.

멋진 밤 보내세유

먹실골에 다시 들어왔다. 어제 강연을 마친 뒤 HS가 건네준 홍어회를 미리 덜어 놓았다가 가지고 왔다. 언젠가 시인 H로부터 할아버지가 홍어회를 좋아하신다는 말을 귀띔으로 들었기 때문이다. H는 현재 홍천에 살고 있고, 할아버지를 나보다 훨씬 오래 알고 지내온 분이다. 할아버지의 통나무집 상선약수에서 홍어회를 꺼내 놓으니, 할아버지께서 반기시며 낮술 한잔하겠냐고 물으신다. 밀린 원고 때문에 순간 당황했지만 어르신의 제안을 거스를 수 없어 그 자리에서 할아버지와 함께 낮술을 마셨다. 홍어회는 술을 부르는 음식인가 보다. 그러나 내 예상대로 할아버지는 엄격한 절제가 있으셔서 낮술은 겨우 소주 한 병을 둘이 마시는 것으로 끝났다. 취기가 전혀 오르지 않는 희한한 술자리였다.

할아버지는 언젠가 책에서 읽은 김수환 추기경의 이야기를 꺼냈다. 한번은 김수환 추기경이 사람 문제로 머리가 아파 혼자 기차 여행을 떠났다고 한다. 추기경이 차창 밖으로 수시로 바뀌는 풍경을 바라보며 이런저런 생각에 잠겨있을 때, 마침 김밥과 계란 등을 파는 아주머니가 열차 칸에 들어오시더란다. 아주머니는 계란을 팔기 위해 승객들을 향해 "삶은 달걀입니다. 삶은 달걀입니다"라고 외치며 지나가는데, 그 순간 추기경의 머리를 아프게 했던 문제들이 순식간에 해결이 되었다고 한다. 추기경은 이 말을 삶은 달걀이 있으니 사서 먹으라는 말로 듣지 않고, "삶이 달걀" 같은 것이어야 한다고 들었다 한다. 불교식으로 말하자면, 김 추기경은 이 말을 모나게 살지 말고 달걀처럼 둥글둥글 살아야 한다는 '법언法言'으로 들었던 것이다. 할아버지는 "오늘 밤에 비 온대유. 멋진 밤 보내세유"라는 덕담을 하시며 퇴근하신다. 퇴근하시는 할아버지께 CD 한 장을 선물로 드렸다. '전국노래자랑'의 신재동 악단장이 이끄는 JD Family의 음반이다. 이 음반에는 총 아홉 곡의 노래가 들어있는데, 그중 세 곡은 내가 작사하고 신재동 악단장이 작곡한 것이다. 〈뒤를 돌아봐〉, 〈애비〉, 그리고 송해 선생님이 직접 부르시고 싱글 음반으로 출시된 〈유랑청춘〉이 그것들이다. 장르로 말하자면 〈뒤를 돌아봐〉는 록이고, 〈애비〉는 모던 포크, 그리고 〈유랑청춘〉은 1세대 '뽕짝'이다. JD Family는 언젠가 배철수가 진행하는 '콘서트 7080'에 나가 이 노래들을 불렀다. 내 안에는 '딴따라' 기질이 있다. 그리고 그 기질이 나를 '쫌팽이 학삐리'에 가두지 않고 가끔 호방하게 만든다. 나는 나의 이 DNA를 사랑한다. 나는 자유다.

저녁을 먹고 나니 할아버지 말씀대로 비가 쏟아지기 시작했다. 나는 평소에 낮에는 오두막 인피니튜드에서 그리고 밤에는 집필실에서 지낸다. 그러나 빗소리를 들으니 갑자기 느티나무 아래 오두막에 가고 싶어졌다. 오두막에 드니 온몸으로 비를 받아내는 거대한 느티나무의 몸이 생생하게 느껴진다. 창문을 열고 빗소리 속에서 자판을 두드렸다. 멀리 봉화산 숲속에서 고라니가 성난 사람처럼 우는 소리가 들린다. 이 빗속에서 나의 친구 물까치와 박새와 검은등뼈꾸기들은 무슨 생각을 할까. 그들에게도 '삶'은 둥근 '달걀' 같은 것일까. 어떻게 모나지 않은 삶을 살까. 겸손과 환대가 통하지 않는 상대도 있기 마련인데, 어떻게 달걀처럼 둥글게 살까. 생각이 꼬리를 물고 이어진다.

이 글을 쓰는 사이에 EBS 다큐프라임을 기획 중인 작가에게서 문자가 왔다. 최근 바람을 타고 있는 트로트에 대한 내 의견을 듣고 싶다고 한다. 어떻게 달걀처럼 둥글게 답을 할까. 솔직히 내 의견을 말하자면 요즘 트로트 가수들의 노래는 듣기에 불편하다. 트로트로 말할 것 같으면, 나는 오로지 1세대 '뽕짝'만 좋아한다. 1세대 뽕짝에는 한국 근현대사의 비극들이 가슴을 찌르는 가사로 재현되어 있다. 반야월이 자신의 경험을 그대로 옮긴 〈한 많은 미아리 고개〉 같은 노래 속에는 한국전쟁 중 자식을 잃고 기근과 포탄 속에서 방황하던 사람들의 뼈아픈 고통이 녹아 있다. 〈눈물 젖은 두만강〉에는 분단의 비극이 서려 있다. 〈봄날은 간다〉는 정말 아름다운 가사로 시인들이 가장 많이 부르는 노래라는 통계가 나올 정도다. 7월 말까지 대중문화에 대한 원고 하나를 끝내야 한다. 대중문화에 대한 이런저런 생각이 오고 간다.

하두 맑고 슬픈

어제는 밤이 이슥하도록 오두막에 있다가 집필실로 돌아왔다. 그래봐야 한 울타리 안이니 거기가 거기인데, 스마트폰으로 손전등을 켜지 않으면 한 치 앞도 안 보인다. 구름이 많이 꼈는지 달도 별도 보이지 않는다. 연못 아래 계곡에서 산개구리들만 왈왈왈왈 울고 있다. 소쩍새도, 검은등뻐꾸기 소리도 들리지 않는다. 매일 밤 울던 봉화산의 고라니도 조용하다. 집필실에 돌아오니 '꼬맹이'가 꼬리를 흔들며 반긴다. 꼬맹이는 벌써 열네 살이 된 우리 집 강아지다. 사람 나이로 치면 벌써 80대 중반이다. 시추 종으로, 거의 항상 나와 함께 지낸다. 얼마나 얌전한지 자동차를 오래 타도 뒷자리에서 코를 골고 잔다. 내가 책을 보거나 글을 쓰고 있으면 옆에 와서 멀뚱히 쳐다본다. 잠자리의 옵션이 많은 죽전 집에서도 항상 내 방에 와서 잔다.

황지우 시인의 「똥개의 아름다운 갈색 눈동자」라는 시에는 다음과 같은 대목이 나온다.

아침에 집을 나서는데 골목 어귀에서 우연히, 똥개 한 마리와 눈이 마주쳤다. 그 똥개의 눈이 하두 맑고 슬퍼서 나는, 고개를 갸우뚱하고 그놈의 눈깔이 뚫어져라 들여다보았다. 아 그랬더니 그놈도 고개를 갸우뚱하고 나를, 눈깔이 뚫어져라 바라본다. 우리나라 봄하늘같이 보도랍고 묽은, 똥개의 그 천진난만 - 천진무후한 角膜(각막)→水晶體(수정체)→網膜(망막) 속에, 노란 봉투 하나 들고 서 있는, LONDON FOG表(표) ポリエステル(폴리에스테르) 100% 바바리 차림의, 나의 全身(전신)이, 나의 全貌(전모)가, 나의 全生涯(전생애)가 들어가 있다.

나는 그가 왜 "개의 눈이 하두 맑고 슬퍼서"라고 말했는지 잘 안다. 꼬맹이의 눈에서 매일 그것을 느낀다.

어제 오후엔 읍내에 나가 오두막 인피니튜드의 블라인드와 현관 방충망을 주문하고 왔다. 주는 것만 알지 받는 것을 매우 불편해하는 K에게 엊그제 서울 나가서 강연료 받아왔으니 제발 부담 갖지 말라고 했다. 그제야 K가 겨우 받아들인다. 내게 세상에서 가장 멋진 오두막을 한 채 지어주고도 저런다. K와 할아버지의 이런 모습이야말로 정말이지 '부전자전'이다. 지난 설날에 그야말로 소액의 용돈을 드렸을 때에도 할아버지의 대답은 '고맙다'가 아니라 '미안합니다'였다. 나는 누군가에게 선물을 주고 이런 대답을 들어본 적이 없다. '겸손'과 '환대'가 나의 본격적인 화두가 된 것도 먹실골에 들어온 이후다. 나는 이 화두를 개인적 단위와 사회적 단위로 확산시켜 사유하면서 조금씩 철이 들고 있다.

읍내에는 마침 오일장이 서서 모처럼 사람들로 북적거렸다. 슬슬 걸어 다녀 보면 정말 없는 것 빼고는 다 있다. 막 부화한 병아리들, 알록달록 조그만 새끼 고양이들, "눈이 하두 맑고 슬"픈 강아지들, 싸구려 양말과 속옷, 각종 튀김, 종이컵에 담아 파는 번데기, 촌스러운 색깔의 슬리퍼, 떡볶이, 빨갛고 작은 게가 부글부글 끓고 있는 '오뎅', 유명 브랜드 이름을 흉내 낸 운동화, 각종 묘종, 대나무로 짠 형형색색의 바구니, 이쁘게 반을 갈라놓은 수박, 낮술에 취해 비틀거리며 뭐라 큰 소리로 떠드는 사람들, 제주도 은갈치가 한 상자에 만 원이라고 외치는 소리로 읍내는 소란하다. 장터는 미하일 바흐친M.Bakhtin의 '카니발'을 연상시킬 만큼 활력이 넘치는 공간이다. 그러나 그곳에는 소란스럽고 낙천적인 '민중적 웃음'만 있는 것이 아니다. 겉보기에 유쾌한 열기 안에는 치열한 거래와 위험한 생계, 깊은 한숨과 간절한 희망, 오일장을 찾아다니는 현대판 장돌뱅이들의 고된 삶도 있다.

그러나 소비자 입장에서 보면 시골 생활이 편리한 점도 있다. 읍내에 나가면 고만고만한 거리에 무엇이든지 다 모여 있다. 특별한 물건을 사러 멀리 갈 필요가 없다. 겨울철 난로용 장작, 건축 자재까지 포함해 한꺼번에 짧은 거리에서 모든 것이 해결된다. 유명 브랜드의 가전제품 대리점부

터 대형 마트, 세련된 디자인의 멋진 카페, 중국집, 횟집, 수제 빵집까지 다 모여 있어서 몸만 건강하다면 일상생활을 하기에 전혀 불편하지 않다. 시장만으로 치면 전국이 평준화된 것 같다. 게다가 5일 단위로 전통 장까지 서니 도시에는 없는 것이 하나 더 있는 셈이다. 이런 중층적 문화가 시골 생활의 특징이기도 하다.

군 단위의 이곳은 지금까지 코로나 확진자가 단 한 명도 나오지 않았다. 아마 인구밀도가 낮아서 그럴 테지만, 3년째 이곳에서 생활하며 보니 비非밀집 공간에 사는 사람들이 밀집 공간에 사는 사람들보다 훨씬 느긋하고 비경쟁적이다. 공간은 그 안에 있는 사람들의 삶의 '방식'을 '생산'한다. 앙리 르페브르H.Lefebvre의 말대로 "공간은 더 이상 수동적인 것 혹은 텅 빈 것이 아니다." 하다못해 방 안의 가구 배치만 바꾸어도 그 방주인의 생활이 (적어도 며칠간은) 달라진다. 내가 멀쩡한 집을 놔두고 이 산속에 들어와 있는 이유다.

하늘만 푸르러 푸르러

며칠 출타했더니 정확히 출타한 날짜만큼의 원고가 밀려 있다. 어제는 종일 오두막 인피니튜드에 앉아 글을 썼다. 지난주에 써놓은 KBE 시인의 시집 해설 〈그리운 바깥 혹은 도래하지 않는 봄〉을 다시 읽고 교정해 보냈다. 격월간 《현대시학》 7~8월호에 실릴 KJS 시인의 시집 서평 〈먼 데서 오는, 고통이라는 이름의 열차〉도 탈고해서 보냈다. 이 글은 원래 서울에 나가기 전에 쓰고 있던 것인데 마무리를 지었다. 시인들은 자기 울음에 서러운 자들일 뿐 아니라 남의 아픔도 대신 울어주는 '곡비哭婢'들이다. 시집마다 눈물이 그렁그렁하다.

저녁 먹으러 집필실로 오다 보니 할아버지 집 입구에 황금 낮달맞이꽃이 무더기로 피어있다. 달맞이꽃과 생긴 외양이 거의 비슷해 구분하기 힘들지만, 자세히 보면 황금 낮달맞이는 달맞이꽃보다 키가 더 작은 대신에, 꽃은 더 크고 푸짐하다. 가지 당 달린 꽃의 개체 수도 달맞이꽃보다 훨씬 많다. 황금 낮달맞이는 이름 그대로 '낮달'을 맞이하여 하루 내내 피어 있다가 저녁이 되면 꽃잎을 닫는다. 그러면 이번에는 달맞이꽃이 임무 교대를 하여 밤새 노란 꽃 나팔을 열고 달과 교신을 한다. 아침이 되면 달맞이꽃은 잎을 닫고, 다시 뒤를 이어 황금 낮달맞이가 꽃 문을 연다. 해가 있을 때 황금 낮달맞이꽃이 문을 활짝 열고 있는 모습과 해가 지자 꽃 문을 닫고 휴면에 드는 장면을 사진으로 찍었다. 그 옆의 은엽아지랑이는 그 사이 조그맣고 노란 꽃들을 더욱 많이 올려놓았다. 늘어난 꽃들이 공중에 떠서 바람에 하늘거리니 아지랑이처럼 감미로운 어지러움이 번진다. 은엽아지랑이는 뭔가 환상적인 '방황의 미학'을 가지고 있어서, 그 꽃들의 대기大氣 속에 끌려 들어가 흔들리고 싶어진다. 그 느낌은 마약처럼 깊고 도피적이다.

할아버지 집 상선약수 입구에는 붉은 장미꽃들이 한창 흐드러져 있다. 저렇게 피를 토하듯 붉은 장미를 볼 때마다 〈부용산〉이라는 노래가 떠오른다. 지금은 안치환, 이동원, 윤선애 등 여러 가수에 의해 불렸지만, 내가 이 노래를 처음 들은 것은 지금은 고인이 된 김남주 시인을 통해서다. 1990년, 내 시가 한길사에서 나온 월간 《한길문학》의 창간기념 신인상에 당선되었을 때, 심사위원은 고은, 신경림, 김남주 시인이었다. 이런 연유로 김남주 시인과의 술자리에 몇 차례 합석을 했었는데, 술기운이 오르면 그때마다 김남주 시인은 〈부용산〉을 불렀다. 그 노래가 너무나 처연하고 슬퍼서 자꾸 빠져들 수밖에 없었는데, 노래가 끝나고 나면 김남주 시인은 번번이 나를 지목하면서 "야, 석민오, 노래 한 곡 해봐" 그러는 것이었다. 내 이름이 '석민오'가 아니라 '오민석'이라고 여러 번 교정을 해드려도, 며칠 지나 다시 만나면 그에게 내 이름은 항상 '석민오'였다. 그가 소위 '남민전' 사건에 연루되어 고문 후유증으로 채 오십 살도 안 되어 세상을 뜬 날, 아버지의 죽음의 의미를 알 리 없는 그의 아주 어린 아들이 아버지의 영정 앞에서 까불며 뛰어다니던 생각이 난다. 그 모습을 보고 많은 시인이 속울음을 울고 울었다. 안치환이 1997년인가 '노스탤지어'라는 타이틀로 기억되는 음반에서 〈부용산〉을 불렀을 때만 해도 사람들은 이 노래를 그저 작자 미상의 구전 가요로만 알았다. 지금은 작사, 작곡자가 알려졌으나 노래가 나오게 된 배경에 대해서는 약간의 논란이 있다. 작곡자 안성현은 우리가 너무나 잘 아는 동요 〈엄마야 누나야〉를 만든 사람이고, 작사가는 그와 함께 목포 항도여중에서 국어를 가르치던 교사 박기동이다. 두어 가지 소문이 있지만, 이 노래의 가사는 박기동이 24세에 폐결핵으로 세상을 뜬 누이를 생각하며 썼다는 이야기가 있다. 부용산이 있는 전남 벌교를 중심으로 이 노래가 퍼져나가기 시작했고, 여순 항쟁 이후 지리산의 빨치산들이 많이 불렀다 하여 한 때 '빨치산 노래'로 알려지기도 했다. 그러나 가사를 보면 이 노래는 빨치산 활동과 '이념적인' 연관은 없다. 그렇지만 근대 한국사의 비극적 희생자들인 빨치산들은 아마도 죽음의 공포와 굶주림 속에서 이 노래를 부르며 많이 울었을 것이다.

부용산 산허리에 잔디만 푸르러 푸르러
솔밭 사이 사이로 회오리 바람 타고
간다는 말 한마디 없이 너만 가고 말았구나
피어나지 못한 채 붉은 장미는 시들었구나
부용산 산허리에 하늘만 푸르러 푸르러

그리움 강이 되어 내 가슴 맴돌아 흐르고
재를 넘는 석양은 저만치 홀로 섰네
백합일시 그 향기롭던 너의 꿈은 간 데 없고
돌아서지 못한 채 나 외로이 서 있으니
부용산 저 멀리엔 하늘만 푸르러 푸르러

—〈부용산〉 가사 전문*

이 노래만 들으면, 장미는 내게 오로지 '처절한 슬픔' 외의 다른 어떤 것도 아니다. 어느 시인의 어투를 흉내 내 말하자면, 붉은 장미는 왜 피고 지랄이야.

* 1절은 안치환이 부른 가사로 다른 판본과 약간 다르다. 2절은 호주로 이민을 갔던 작사가 박기동이 후에 덧보탠 것이라 한다.

마차는 굴러간다

뒤뜰의 보리수 열매가 어느새 빨간 사탕처럼 익었다. 그렇지만 한 알 따먹어보면 공장 맛이 아니라 '야생'의 맛이 느껴진다. 개량종 과일이 이런 색깔이라면 분명히 당도가 매우 높을 것이다. 그러나 문명의 '개종'을 겪지 않은 천연 보리수 열매는 단맛과 함께 그보다 약간 더 강한 신맛이 난다. 단맛에 익숙해진 문명인에게 그것은 일종의 '거부'로 다가온다. 삶은 달콤하고 편한 것만이 아니라는 듯, 껍데기가 내용을 보장하는 게 아니라는 듯, 보리수는 수많은 붉은 알을 달고 조용히 서 있다. 석가모니는 저 나무 아래에서 도를 깨우쳤다는데, 나는 그 옆에서 인기척에 놀라 갑자기 날아오르는 꿩의 날갯소리에 혼비백산한다.

점심 식사 무렵 계란 장조림과 함께 고등어를 구워 할아버지께 가져다드렸다. 할아버지는 오두막 인피니튜드 데크에 낙엽이나 나뭇가지, 먼지 같은 것이 조금만 쌓여도 물로 깨끗이 씻어낸다. 내가 청소할 틈을 주지 않으신다. 그래

서 인피니튜드 주변은 늘 단정하다. 아침이면 오두막 앞마당에 대 빗자루 자국이 선명하다. 그 위에 그려진 흙의 윤슬 위에 발자국을 찍으며 걷노라면 가끔 얼굴이 확 달아오른다. 게으른 나는 기껏 오두막의 내부를 청소할 뿐이다. 퇴근 무렵 할아버지께서 그릇을 돌려주기 위해 집필실로 올라오신다. 큰 접시에 빨간 보리수 열매가 가득하다.

저녁 식사 후 잠시 연못 주변을 산책했다. 연못가에도 장미가 붉다. 온종일 뜨거운 태양과 연애하던 붉은 수련은, 화장을 지우는 여자처럼 꽃잎을 닫으며 다소곳이 저녁을 맞고 있다. 연잎이 그새 물 위에 고개를 내밀 정도로 자랐다. 수면으로 올라온 향어들이 연잎 사이에서 뻐끔뻐끔 바깥 공기를 들이마신다. 평소 물뱀이 자주 나타나던 자리에 카메라를 미리 켜고 소리를 죽인 채 이미 여러 번 접근했지만, 물뱀은 아직까지 제 모습을 보여주지 않는다. 연못가 바위 위에 앉아 햇빛에 피부를 반짝이며 낮잠을 즐기다가 내가 다가가면 연잎 사이로 천천히 몸을 피하던 물뱀은 어디로 갔나. 있던 것이 안 보이면, 흉한 것도 그리워지나.

다른 원고를 쓰느라 황병승 시인의 『트랙과 들판의 별』을 다시 읽었다. 「배우는 울고 마차는 굴러간다」라는 제목의 시가 보인다. 그는 작년 여름에 고독사했다. 그는 울어도 마차는 굴러갔고, 굴러가고 있다.

사과나무가 있는 풍경

집필실 데크 바로 앞 사과나무가 꽃 잃은 기억을 다 잊은 채 열매를 키우고 있다. 꽃이 진지 언제라고 그새 알이 많이 굵어졌다. 떠난 것은 다른 것으로 계속 환치되므로, 죽음은 없다. 저 사과나무가 늙고 늙어 마침내 쓰러지면, 또 오랜 세월을 거쳐 먼지와 흙으로 변할 것이다. 그러므로 죽음이 아니라 '형태 변용Metamorphosis'의 개념으로 세계의 속성을 읽어도 된다.

아침에 오두막 인피니튜드에 가서 청소를 한 후, 내가 몇 년 전 처음으로 그렸던 유화 〈마차가 있는 풍경〉을 벽에 걸었다. 오래전 쿠바 여행 중 만난 풍경이다. 나는 유화 그리는 법을 배워본 적이 전혀 없지만, 이 그림을 그리면서 엄청난 집중과 그에 따른 '소진消盡'의 묘한 쾌감에 빠져들었다. 끼니를 거르며 그렸다. 화가 장욱진은 산문집 『강가의 아틀리에』에서 "산다는 것은 소모하는 것, 나는 내 몸과 마음과 모든 것을 죽는 날까지 그림을 위해 다 써버려야겠다"라고 하였다. 그림을 그려보면 이 말이 무슨 말인지 안다. 미술과 문학은 다만 그 '소진'의 형식과 방법이 다를 뿐이다.

6월의 열매들

계곡 건너편 산 아래에 사는 L이 수박 한 통을 들고 할아버지를 찾아왔다. 나이가 지긋하신 서울 사람인데 이곳을 별장으로 사용하고 있다. 키우고 있는 암탉이 병아리 여덟 마리를 부화했다고 해서 구경삼아 따라가 보았다. 이 집도 K가 12년 전에 지은 통나무집이다. 건축은 건축가와 건축주의 '대화'의 결과이지만, 한눈에 K의 '색깔'이 느껴져 반가웠다. 모든 기둥은 목재고 벽은 흙벽돌이었다. 방바닥도 진흙을 깔았는데, 그 아래에는 자갈, 소금, 숯 등을 층층이 넣었다. 흙과 흙벽돌은 모두 경주에서 공수해 온 것이라 한다. 정면과 좌측면을 거의 다 창으로 내어 마치 파노라마처럼 아름다운 풍경을 보여준다. 내 집필실과 이 집은 서로 반대편으로 멀리 떨어져 있는데, 지금은 숲이 우거져 이곳에서 집필실은 전혀 보이지 않는다. 숲이 가난해져 이파리 하나 없는 한겨울에는 먼 거리지만 집필실에서 이 집이 잘 보인다.

따로 분리된 닭장에는 까만 암탉이 하얀 병아리 여덟

마리와 놀고 있었다. 사람에 대한 경계가 얼마나 심한지 먼구석으로 자꾸 도망쳐 가까이 사진을 찍기가 힘들었다. 그래도 삐약삐약 거리며 종종걸음을 치는 저 어린 것들은 얼마나 이쁜가. 왜 모든 어린 것들은 이렇게 아름다울까. 하나님이 태초에 만든 모든 피조물은 이처럼 어린 것들의 외양과 내면을 가지고 있었을 것이라는 생각이 문득 든다. L은 할아버지를 '촌장님'이라 부른다. 듣고 보니 먹실골 터줏대감이신 할아버지께 잘 어울리는 이름이다. 1400평의 넓은 땅에 사과, 복숭아, 블루베리, 호두, 배추, 고추 등 온갖 작물들과 여러 마리의 닭을 혼자 힘으로 키운다. 경제적으로 넉넉한 사람이라 돈을 벌려고 짓는 농사가 아니다. 그는 해마다 많은 수확물을 걷어 이웃들에게 나누어 준다. 작년에는 사과도 무려 50박스를 수확했다고 한다. 화학비료나 살충제를 거의 사용하지 않기 때문에 못생겼어도 맛은 좋단다. 낮과 밤의 기온차가 큰 먹실골이 사과 농사에는 제격이라고 한다. 할아버지로부터 나에 대해 이야기를 많이 들었다며 이제부터 밭에 있는 모든 야채와 과일을 아무 때나 가져다 먹으란다. 내가 할아버지 밭의 것도 다 못 먹는다고 대답했더니 파안대소한다. 수확철이 되면 사과도 두 박스쯤 주시겠다는데, 그것은 은근히 기대된다. 최근에 나온 산문집 『경계에서의 글쓰기』에 사인을 해서 드렸더니 넙죽 절을 하신다. 오랜 경험에 의하면 내 책을 가장 존중하고 귀하게 받아들이는 사람들은 동업자인 작가들이 아니다. 동업자들은 대체로 경쟁심과 질투심의 지배를 받는다.

바야흐로 베리가 익어가는 시절이다. 연못 옆의 작은 블루베리 나무에도 열매가 가득 열렸다. 한 가지에 열린 열매들의 색깔이 모두 제각각이다. 짙은 파란색 열매는 익은 것이고, 옅은 보라색은 익어가고 있는 것이고, 푸른 기운이 도는 초록색 열매는 아직 익지 않은 것이다. 파스텔 톤의 저 눈부신 조화는 얼마나 찬란한가. 열매들이 한꺼번에 익지 않는 이유는 천천히 조금씩 오래 즐기라는 자연의 명령 같다. 블루베리 옆에는 준June베리 나무가 있는데 이름 그대로 6월에 열매를 맺는다. 할아버지는 일하러 오가며 준베리를 한 움큼씩 따서 드신다. 내 앞에서 직접 시연해 보이면서 매일 먹으면 항산화 성분 때문에 피부가 아주 좋아진다며 웃으신다. 나는 매일 이 나무 옆을 지나다녔지만 그것이 준베리라는 사실을 전혀 몰랐기 때문에 따서 먹을 생각조차 한 적이 없다. 보지 못하는 사람에게는 보물도 아무 소용이 없다. 준베리도 블루베리처럼 한꺼번에 익지 않는다. 익은 열매들을 할아버지가 한 움큼 따서 드시면, 설익었던 열매들이 천천히 익어 다음날 할아버지의 '한 움큼'이 된다.

노을이 너무 붉어 서러웠던 그저께 밤에는 기분 좋게 취한 시인 L이 전화로 장윤정의 〈초혼〉을 불러주었다. 많이 들었다. 어제 아침 그로부터 사과의 문자가 왔다. 술 먹고 소란 피워 미안하다는 말인데, 세상에, 그 기분 좋은 상태에서 하필이면 내 생각이 났다는 것은 얼마나 고마운 일인가. 게

다가 노래까지 불러주고. 다음에 내가 취하면 그에게 들입다 전화해 한 열 곡쯤 메들리로 불러줄 예정이다. 생각만 해도 가슴이 짜릿하다.

그리움과 분투한다

집필실 데크 앞의 상사화가 누렇게 죽어가기 시작한다. 그러나 저 죽음은 새로운 탄생을 예고하고 있다. 잎새가 완전히 죽은 후에 그 자리에서 꽃대궁이 올라오고 그 끝에서 꽃이 피어난다. 상사화의 잎새와 꽃은 마치 영원한 이별의 상징 같다. 이 생애에서 그들은 결코 만날 수 없다. 하나가 사라진 자리에서만 다른 하나가 존재하는 것이 이들 삶의 방정식이기 때문이다. 그래서 '상사화'라는 이름을 얻었다고 한다. 상사화의 잎새와 꽃잎은 이렇게 '영원한 그리움'의 운명을 산다. 그러나 그것은 오로지 지상의 일일 뿐, 땅 밑 뿌리에서 이들은 언제나 하나다. 나는 보이지 않는 그곳을 들여다본다.

데크 처마에 작년에 매달아 놓은 제라늄 화분이 겨울을 넘기고 공중의 폐허처럼 매달려 있다. 죽은 꽃가지들이 흉물처럼 걸려있는데 게으른 나는 여태 새 제라늄을 사다 심지 못했다. K가 공중에 방치된 폐허가 안쓰러웠는지 읍내에 나가 제라늄을 사서 이쁜 화분에 심어 가지고 왔다. 저 공중의 멸망이 작년 봄부터 가을까지 줄기차게 뿜어 올렸던 것과 똑같은 붉은 꽃이 환하게 피어있다. 서리가 내리는 늦가을까지 제라늄은 계속 꽃을 밀어 올릴 것이다.

할아버지는 요즈음 외부에 조경 일감을 맡아서 인부들을 데리고 매일 일하러 가신다. 그래서 먹실골 출근 시간이 저녁 무렵으로 바뀌었다. 힘든 일과를 마친 저녁 무렵이면 할아버지는 단 하루도 예외 없이 오토바이를 타고 먹실골에 와서 꽃에 물도 주고 이런저런 일들을 더 한 후에 늦은 퇴근을 하신다. 오늘은 내가 할아버지께 걱정스레 힘드시지 않냐고 여쭈니 전혀 힘들지 않다고 하신다. 팔순이 훨씬 지나셨는데 아직도 목소리가 쩌렁쩌렁 울린다. 오늘은 집 입구로 나를 데려가더니 구스베리 나무를 소개해주신다. 구스베리는 블루베리와 준베리보다 한두 달 늦게 익는단다. 말하자면 한여름에 먹는 것이다. 지금은 초록색의 동그란 열매가 달려있는데, 그 생김새가 영락없이 줄무늬가 들어간 알사탕이나 어렸을 때 가지고 놀던 구슬 같다.

콩국수로 저녁을 해먹은 후에 산책을 겸해 인피니튜드에 올라갔다. 오두막 데크에 올라서니 비도 오지 않았는데 여기저기 물 자국이 있다. 별로 지저분하지도 않은 상태였는데 할아버지가 어느새 물청소를 깨끗이 해놓으신 것이다. 군대 용어로 말하자면 '미싱하우스'를 저렇게 자주 하신다. 오두막 문을 잠그고 마당에 내려오니 빗자루 자국이 선명하다. 저 부지런함과 배려와 환대 앞에 나는 오늘 또 깨졌다. 집필실에 돌아와 열나게 노트북 자판을 두드린다. 복잡하게 의미를 따질 것도 없이 생은 우리에게 분투하라고 주어진 것이다.

송엽국의 삶을 꿈꾸며

어제는 오두막에 블라인드를 설치했다. 베이지색 블라인드와 편백나무 벽의 속살이 잘 어울린다. 빛을 완전히 차단하지는 않기 때문에 밤에도 창밖으로 불빛이 은은하게 새어 나온다. 이제 한밤중에도 인피니튜드를 찾을 것 같다.

읍내 우체국에 다녀오는 길에 동태탕 거리 한 팩을 사 들고 K의 작업실에 들렀다. K의 작업실은 그리 규모가 크지 않은 통나무집인데, 1층에는 부엌과 장작 난로, 족히 여덟 명은 앉을 수 있는 긴 나무 탁자, K가 도면을 그릴 때 사용하는 기다란 책상이 창가에 붙어있다. 다락으로 올라가는 사다리 아래에는 책들이 가지런히 꽂혀 있는 책장이 있다. K는 내가 쓴 책들을 한군데 따로 모아놓아 쉽게 찾을 수 있도록 해놓았다. K와 헤밍웨이의 소설 『킬리만자로의 눈』 그리고 김종삼 시인의 시 「어부漁夫」에 대하여 이야기를 나누다 먹실골로 올라왔다. “살아온 기적이 살아갈 기적이 된다”라는 김종삼 시의 구절을 보면, 지금까지 살아온 것이 ‘거저’가 아니었다는 생각이 저절로 든다. 따지고 보면 "기적" 없는 삶은 없다. '죽음'이 항상 모든 '삶'을 에워싸고 있으므로, '삶'은 그 자체로 기적이다.

집필실로 오르는 나무 계단 옆에 얼마 전부터 보랏빛 송엽국이 환하게 피었다. 아마도 개량종일 텐데 사철채송화 또는 솔잎채송화라고도 불린다. 잎은 일반 채송화보다 훨씬 두껍고 단단해 소나무 잎새 같고, 꽃은 국화를 닮아 붙여진 이름이다. 내가 보기엔 소나무 중에서도 이파리가 통통하게 두꺼운 금송을 닮았다. 집필실 부엌 쪽 창가에는 좌우 각각 한 그루씩 아담한 금송이 대칭을 이루며 서 있다. 할아버지의 시각적 배려다. 송엽국의 꽃말이 '나태', '태만'인 것을 알고 난 후, 이 꽃이 더 친근해졌다. 내가 매일 나태와 싸우며 나태를 꿈꾸기 때문이다. 송엽국 아래쪽에는 자주달개비가 한창이다. 자주달개비는 등 뒤에 황금낮달맞이꽃을 한 무더기 안고 있다. 자주달개비꽃은 아침에 피었다가 저녁도 되기 전에 일찍 꽃잎을 닫는다. 그래서 꽃말도 '짧은 즐거움' 혹은 '외로운 추억'이다. 꽃말들을 연결하면 나태와 태만과 짧은 즐거움과 외로운 추억이 마구 뒤엉킨다. 그것은 기표記標들의 난립으로 이루어진 한 편의 시 같다.

새벽까지 마감일을 넘긴 원고를 썼다. 글쓰기란 정신의 '하이퍼hyper' 상태가 오래 지속되는 시간을 의미한다. 할 수 있는 끝장까지 글을 쓰고 난 후에도 하이퍼 상태는 한동안 지속된다. 몸은 피곤하나 잠이 오지 않는다. 두부를 안주로 빨간딱지 반 병을 마신다. 꿀잠을 잘 것 같다. 이런 특수 상황에서 술은 '위험한 짐승'이 아니다. 글을 쓰다가 중간에 읽은 모리스 블랑쇼M.Blanchot의 책에서 절망이 법열法悅과 종이 한 장 차이라는 문장을 만났다. 절망 속에서만 진정한 깨달음이 있다는 뜻으로 읽는다. 아직 동이 트지 않았는데도 성급한 뻐꾸기가 봉화산 숲속에서 운다. 뻐꾸기는 새날을 시작하고, 나는 잠자리에 든다.

치욕의 역사

늦은 아침 겸 점심을 먹고 오두막에 들어 경전을 약 한 시간쯤 읽었다. “그들은 예수의 얼굴에 침을 뱉고, 그를 주먹으로 치고, 또 더러는 손바닥으로 때리기도 하며, 말하였다. 그리스도야, 너를 때린 사람이 누구인지 알아맞히어 보아라.” (『마태복음』 26:67-68) 이 대목에서 읽기를 멈추었다. ‘그리스도’는 히브리어 ‘메시아’의 그리스어 표현이다. 굳이 경전의 예를 들지 않더라도 무지는 진리의 얼굴에 더러운 침을 뱉고 진리를 희롱하는 언어다. 그래서 진리의 역사는 치욕의 역사다. 별로 진실하지 않은 나도 살면서 몇 번의 치욕을 겪었다. 그때마다 나는 “개쉐이들”이라고 중얼거렸지만, 개들은 변하지 않는다. 문학은 일탈의 언어로 세상의 개들과 끝없이 싸운다.

며칠 사이 접시꽃은 허리를 더욱 꼿꼿이 세우며 줄기를 계속 하늘로 뻗친다. 꼭대기를 올려다보면 푸른 하늘과 접시꽃의 머리밖에 없다. 붉은 꽃은 더 붉어지고, 흰 꽃은 더

하얘졌다. 꽃들은 점점 더 강밀도를 높이며 적멸의 길로 가는 '공유 문법'의 소유자들이다. 은엽아지랑이는 앙큼하도록 작고 노란 우주선들을 폭죽처럼 계속 공중에 날리고 있는데, 그 숫자가 점점 늘어난다. 바람이 불면 노란 우주선들은 가는 막대 끝의 작은 접시들처럼 흔들린다. 그 모습이 너무 몽환적이어서 그것을 들여다볼 때마다 나는 나를 분실한다.

경전 읽기가 끝난 후 집필실에 내려와 운동을 했다. 땀을 많이 흘리기 위해 일부러 창문을 닫고 뛰었다. 유튜브로 존 덴버J.Denver의 '와일드라이프 콘서트The Wildlife Concert'를 틀어넣고 한 시간을 달렸다. 비 오듯 땀을 쏟으니 온몸이 시원하다. 존 덴버를 들으면 한 번도 가보지 않은 블루리지 마운틴과 콜로라도 계곡과 그 위를 나는 외로운 독수리, 초원에서 한가롭게 풀을 뜯는 말들의 긴 머리카락, 안개 낀 숲, 야생화가 피어있는 오솔길, 한적하게 떨어져 있는 이쁜 농가들이 저절로 떠오른다. 존 덴버의 음악은 먹실골 분위기와 잘 어울려서 자주 듣는다. 그는 53세의 나이에 새로 구입한 경비행기로 하늘을 날다 추락사했다. 그는 왜 시골길(Country roads*)을 버리고 그 높은 곳으로 올라갔을까.

* 존 덴버가 1971년 발표한 곡, 〈Take Me Home, Country Roads〉를 가리킨다. (편집자 주)

마당에 카펫을 깔다

어제는 온종일 할아버지와 함께 오두막 앞마당에 벽돌을 깔았다. 마침 중요하고도 분량이 많은 원고를 탈고한 직후였던 데다가 할아버지께서 혼자 그 힘든 일을 하시게 하기 싫어서 자원했다. 둘이서 500여 장에 가까운 보도블록을 깔았다. 온몸이 오전에 이미 땀으로 흠뻑 젖었는데, 몸속의 오래 묵은 찌꺼기들이 다 빠져나간 것처럼 시원했다. 처음에는 할아버지를 돕는 수준이었으나, 오후에는 요령이 생겨 나도 직접 벽돌을 깔았다. 더 많은 땀이 쏟아졌고, 그만큼 더 시원했다. 매일 운동을 하는데도 이렇게 개운한 적이 별로 없다. 해 질 무렵 작업을 다 끝내고 보니 인피니튜드 앞에 깔끔하고 아담한 카펫이 깔려 있다. 세련된 미적 촉수의 소유자인 할아버지께서 중간에 일부러 빈 곳을 만들어 놓았다. 그곳에 잔디를 깔거나 아니면 꽃을 심어 밋밋한 카펫 위에 작은 문양을 넣을 생각이시다. 할아버지는 힘든 줄도 모르고 하루 종일 콧노래를 부르신다. 아침에 일어나니 나는

온 삭신이 쑤신다. 백면서생이 그렇지 뭐. K는 어제 춘천으로 연극을 보러 간다고 토꼈다. 오늘 아침에 올라와 완성된 모습을 보더니 "야호" 하고 쾌재를 부른다. 귀여운 것. 집필실에 가서 K가 내려준 아이스커피를 마시며 연극 이야기를 한참 나누었다.

먹실골에서 종일 노동을 하시는 게 일과인데도, 할아버지는 평소 출근 전에 매일 한 시간씩 4킬로미터 정도의 산책을 하고 오신단다. 팔순이 훨씬 넘으셨는데, 한마디로 '막강체력'이다. 인피니튜드의 노트북에 연결된 스피커 볼륨을 쿵쿵 울리게 올려놓고, 존 덴버, 돈 맥클린D. McLean, 김정구, 주현미, 황금심 등의 노래를 들으며 일을 했다. 할아버지는 저녁 일곱 시가 넘어서야 퇴근하셨다. 노을이 뉘엿뉘엿 지고 있었다.

맥클린의 〈American Pie〉는 들을수록 대단한 곡이다. 점심 식사 후 쉬는 시간에 유튜브를 뒤지다 보니 이제는 늙고 살찐 노인으로 변해버린 맥클린이 통기타를 치며 이 노래를 부르고 있다.

"존 레논이 마르크스를 읽고/ 4인조 밴드(비틀즈) 가 공원에서 연습을 할 때/ 우리는 어둠 속에서 장송곡을 불렀네/ 음악이 죽은 그날", "거리에서 아이들은 비명을 질렀고/ 연인들은 울부짖고 시인들은 꿈을 꾸었네/ 그러나 단 한마디도 할 수 없었지/ 교회의 종鐘들은 모두 부서지고"

이 노래를 들을 때마다 오래전 캐나다 퀘벡 지역을 여

행하던 생각이 난다. 올드 퀘벡의 샤토 프롱트낙 호텔 앞 광장에서 자기 몸보다 훨씬 큰 북을 등에 지고, 손에는 기타를 들고, 목에는 하모니카를 건 채, 땀을 뻘뻘 흘리며 이 노래를 부르던 버스커가 있었다. 그는 연민을 불러일으킬 정도로 피로에 찌든 중년 남자였는데, 〈American Pie〉의 가사가 그의 초라한 모습을 상쇄하고도 남을 어떤 '위엄'을 느끼게 했다. 훌륭한 대중음악은 대중들의 고통을 위로하고, 함께 애통해하며, 그들에게 지적이고도 숭고한 정동을 선사한다.

페이스북에 올라오는 댓글들과 포스팅을 보면서 이런 생각이 든다. 문학적 독자는 텍스트에서 문장을 읽고, 비문학적 독자는 정보를 읽는다. 문학적 독자들은 언어에 집중하고, 비문학적 독자들은 메시지에 집중한다. 문학적 작가는 모리스 블랑쇼의 말대로 언어를 '매혹' 아래 두고, 비문학적 작가는 정보를 전달하는 데 골몰한다. 문제는 '비문학적 작가'라는 개념의 형용모순이 보여주는 것처럼, 언어에 대한 자의식이 없는 작가는 사실상 작가가 아니라는 것이다.

바야흐로 밤꽃의 계절이 왔다. 숲속 여기저기 숨어있어서 찾을 수 없었던 밤나무들이 초록 머리 위에 희끗희끗 새치를 드러내기 시작한 것이다. 멀리서 보아도 새치를 윗머리에 달고 있는 것들은 모두 밤나무들이다. 너희들 그곳에 숨어있었구나. 시간이 나를 앞서 흐른다.

몸은 기억이다

남들 다 잘 시간에 일어나 유홍준의 최근 시집 『너의 이름을 모른다는 건 축복』을 읽었다. 「할미꽃」이라는 시가 유독 눈에 들어온다.

안감이 꼭 저런 옷이 있었다
안감이 꼭 저렇게 붉은 옷만을 즐겨 입던 사람이 있었다
일흔아홉 살 죽산댁이었다 우리 할머니였다 돌아가신 지 삼십 년 됐다
할머니 무덤가에 앉아 바라보는
앞산마루 바라보며
생각해보는

봄날의 안감은 얼마나 따뜻한 것이냐

봄날의, 이 무덤의 안감은 또 얼마나 깊고 어두운 것이냐

우리 할머니는 백세를 몇 달 앞두고 낮잠을 주무시다가 그냥 세상을 뜨셨다. 애용하시던 담배를 99세에 끊으셨다. 평생 병원에 갈 정도로 몸이 아프신 적도 없었다. "봄날"과 "무덤"의 이항대립을 등치시키는 시인의 상상력처럼 '시간'은 늘 '죽음'과 함께 한다. 그래서 나는 '옛날 얘기'를 들을 때마다 무던히 슬퍼진다. 어제 술자리에서 한국전쟁 당시에 고등학교 1학년이었다는 분의 피난 시절 이야기를 들을 때도 그랬다. 늙은 몸은 상처와 희열을 포함한 모든 정동의 기록이다. 오래된 몸은 도무지 알 수 없는 운명과 미래를 관통해 온 가련하고도 장엄한 기억이다. 내 몸에도 시간의 지도가 그려지고 있다.

***

먹실골이 속해 있는 지역 일대는 여름에 매우 덥고 겨울에 아주 추운 곳이다. 어제 이 지역 한낮의 온도는 영상 35도였다. 같은 시간 먹실골 옆 마을, 시인 A가 사는 아래쪽 동네는 수은주가 무려 38도까지 올랐다 한다. 그러나 오두막이 있는 느티나무 아래는 전혀 덥지 않다. 덥기는커녕 거대한 초록 그늘 아래 시원하고 서늘한 바람이 계속 일렁인다. 그래서 어제는 온종일 느티나무 아래 테이블에 앉아 박인숙이 쓴 『내 아버지 박수근』을 읽었다. 한번 잡으면 내려놓기가 힘든 책이다. '보통학교' 밖에 나오지 않은 박수근이 독학으로 자기만의 특별한 예술 세계를 만들어나가는 과정이, 일제 강점기, 한국전쟁, 전후 복구기를 배경으로 펼쳐진다. 가난한 한 화가의 가정 공동체가 격동의 한국 근대사를 뚫고 지나오는 과정이 아슬아슬하고 눈물겹다. 프레드릭 제임슨F.Jameson은 『정치적 무의식*The Political Unconscious*』에서 "역사는 우리를 아프게 하는 것이다. 그것은 욕망을 거부하고 집단적 실천만이 아니라 개인에게도 가차 없는 한계를 부여하는 것이다"라고 했다. 거대한 시대의 흐름 앞에서 개체로서의 인간들은 얼마나 유약한 존재들인가. 그들에게 역사는 마치 러시안룰렛처럼 우연성의 총탄을 마구 퍼부어댄다. 무력한 개체들이 그것을 뚫고 지나가다 더러 죽고 더러 산다.

밖에서 책을 읽으니 먹실골의 온갖 소리가 더욱 생생하게 들린다. 할아버지 집 뒤꼍의 호두나무에서 뜨거운 햇볕을 이기지 못한 열매가 땅바닥에 쿵, 하고 떨어지는 소리, 산란기의 물까치들이 여러 마리 모여 제 몸보다 몇 배는 더 큰 까마귀를 필사적으로 몰아내며 지르는 소리, 느티나무의 갈비뼈를 두드리는 딱따구리 소리, 바람결에 숲이 웅성거리는 소리가 동산을 가득 메운다.

야외 테이블 위에는 이쁜 송엽국 화분이 놓여 있다. 며칠 전 할아버지가 가져다 놓으신 것이다. 오두막 책상에서 보면 바로 창밖이다. 그것에 관해 아무 말씀도 하지 않으시지만, 나는 할아버지가 왜 송엽국을 캐어 화분에 옮긴 후 거기다 가져다 놓으셨는지 그 이유를 잘 안다. 환대는 말없이 환대를 가르친다. 먹실골은 '환대학교'고, 할아버지는 그 학교의 교장 선생님이시다. K와 나는 그 학교의 건달 학생들이다.

꽃의 시인들

어제는 할아버지께서 온종일 바깥일을 하신 후, 해 질 무렵 먹실골에 들리셨다. 날이 더워서인지 약간 지쳐 보인다. 갈증이 심하다고 냉장고에서 맥주 캔 두 개를 들고 나오신다. 내가 방금 전까지 책을 읽고 있었던 느티나무 아래 테이블로 가서 한담을 나누었다. 테이블 위의 송엽국 화분을 자세히 보면 아래쪽에도 꽃이 피어있고, 위쪽 공중에도 꽃이 있다. 할아버지께 여쭈어보니 공중에 떠 있는 꽃은 송엽국이 아닌데 이름을 잘 모르겠다고 한다. 말하자면 할아버지의 연출로 송엽국과 다른 꽃이 함께 심겨 있는 것이다. 자세히 보니 두 꽃이 색깔은 거의 비슷하지만 생김새는 완전히 다르다. 아래에 있는 송엽국은 말 그대로 국화처럼 생겼고, 공중에 떠 있는 꽃은 오각형의 작은 별처럼 생겼다. 이파리는 둘 다 채송화를 닮았는데 송엽국의 잎새가 훨씬 더 두툼하다. 사진을 찍어 알아보니 공중에 뜬 꽃의 이름은 일본어에서 유래된 '초화화草花火'라고 한다. 풀 초, 꽃 화에 불 화자다. 실제 생긴 것과 이름 사이에 일정한 유사성이 있다. 그런데 우리말 이름 '불꽃놀이채송화'가 이 꽃의 외모에 훨씬 더 잘 어울린다. 은엽아지랑이처럼 아주 가늘고 긴 꽃대궁이 거의 보이지 않아 앙증맞은 보라색 꽃들이 마치 폭죽처럼 공중에서 터지고 있는 것처럼 보이기 때문이다. 사실 따지고 보면 모든 이름은 은유이거나 비유다. 가장 먼저 저런 이름을 붙인 사람들이야말로 '꽃의 시인'들 아닌가. 꽃은 은유의 이름만 아니라 꽃말까지 가지고 있으므로 그 자체로 중층적인 의미를 가지고 있는 텍스트다. 꽃에서 그것의 이름으로, 다시 꽃말로 이동하는 길이 시를 읽는 과정과 매우 유사하다. 불꽃놀이채송화의 꽃말은 '맑은 마음', '사랑의 성공'이란다. 그러니 축포를 쏘나보다.

할아버지가 오시기 전 낮에 송엽국과 불꽃놀이채송화가 함께 심겨 있는 화분 옆에서 책을 읽던 중 신비한 경험을 했다. 한참 책을 읽고 있는데 느티나무 잎새 사이로 들어온 햇빛이 책장 위에 흑백의 꽃 그림자를 그리고 있었다. 경이로웠다. 자연의 붓이 책 위에 그리는 수묵화가 산들바람에 한들한들 계속 움직였다. 문장들도 따라서 하늘하늘 춤을 추었다. 오, 자유.

죽은 것이 산 것을 키운다

어제는 읍내 우체국에 다녀올 일이 생겼다. '읍내'라는 단어는 사용할수록 더 정겨워진다. 이 단어에는 모종의 특권이 있다. 도시에서는 이런 단어를 사용할 일이 거의 없다. 언어가 현실을 만든다. 아, '읍내'라는 따뜻한 말.

며칠 전부터 우울증과 공황장애 약을 끊었다. 대신에 운동량을 늘렸다. 아내를 잃은 후 일 년 가까이 복용하던 약이다. 약보다 우울이 먼저 왔고, 나는 우울이 두려워 그것이 오기 전에 먼저 약을 먹었다. 이제 그런 공포와 두려움이 서서히 사라져감을 느낀다. 먹실골의 환대가 나를 치유한다.

읍내에 나가는 김에 점심이나 함께 하려고 K에게 전화를 하니 후배 대목인 KS의 집에 가 있다. KS가 K와 함께 지은 집 구경도 할 겸 그의 집으로 갔다. KS의 원래 직업은 소방관인데, K에게 통나무집 짓는 기술을 틈틈이 배워 반 목수가 되었다. 나는 이제 통나무집만 봐도 K의 손길이 미친 곳이 어디인지를 안다. 거실 천정에 무게를 분산시키는 기

능을 넘어선 이쁜 장식이 보인다. K의 작품이다. 예술은 기능 다음에 온다. 수렵 생활에 지친 원시인들도 생계를 넘어서는 시간에 예술작품을 남겼다. 알타미라의 동굴 벽화는 그런 정신적, 문화적 '여유'의 결과이다. KS는 아직 어린 두 딸을 위해 다락방을 만들었다. 거실을 중심으로 양쪽으로 나뉜 두 개의 방 위에 다람쥐 굴처럼 다락이 이어져 있다. 아직 완공되지 않아 입주하지 않았지만 벌써부터 고개를 숙이고 다락을 뛰어다니는 어린 두 딸의 깔깔거리는 웃음소리가 들린다. 마당에는 먹실골의 인피니튜드와 비슷한 오두막을 짓고 있는 중이다. KS는 오두막에 덧붙여 제법 큰 창고를 만들고 있었다. 아직 완성되지 않은 창고 벽에 가지각색의 연장들이 걸려 있다. 그것들은 모두 저마다 다른 이야기를 들려준다.

한밤중 빗소리에 취해 책을 읽고 있는데 뒤뜰에서 무언가 무너지는 소리가 들린다. 바깥 등을 켜고 나가보니 뒤뜰 언덕에 할아버지께서 세워 놓은 돌탑이 빗물의 중압을 이기지 못하고 무너져 있다. K에게 전화를 하니 그것은 내가 먹실골에 들기 몇 해 전 할아버지께서 죽은 고라니를 묻은 후 그 위에 세운 탑이라고 한다. 종교를 떠나서, 미물의 그것일지라도 죽음에 대한 따듯한 예우는 얼마나 아름다운가. 햇수로 3년 전, 내가 먹실골에 들어온 지 얼마 되지 않았을 때에도 커다란 고라니 한 마리가 개들한테 물려 죽은 일이 있었다. 나는 지금도 한밤중 개들과 고라니 사이에 벌어진 그

혈투의 처절한 소리를 기억한다. 그때에도 할아버지는 거대한 몸집의 죽은 고라니를 텃밭 옆 호두나무 아래 묻어 주었다. 오늘 아침 그 호두나무에 가보니 아기 불알 같은 호두들이 주렁주렁 열려있다. 죽은 것이 산 것을 키우고 있다.

여름의 산방

어제는 지인이 보낸 여수 갓김치, 파김치, '밥알 쑥 인절미'가 도착했다. 점심은 흰 쌀밥에 이것만으로도 황후의 밥상이 되었다. 혼자 먹기 아쉬워 K와 할아버지께도 조금씩 나누어 드렸다. 한 개의 사랑이 세 개의 사랑으로 번졌다. 사랑의 이 놀라운 감염력 때문에 그나마 이 세상이 돌아가는 거다.

저녁 무렵, K가 산속인데다 연일 계속 내리는 비로 추울 거라며 집필실 난로에 땔 마른 장작을 가지고 올라왔다. 빨간딱지 대신에 K가 가져온 작은 막걸리 두 병을 집필실 데크의 테이블에서 마시면서 '환대 학교'의 두 건달 학생들이 웅얼웅얼 살아온 이야기를 나눈다. K는 마치 그리스인 조르바처럼 거칠면서도 창의력이 넘치고, '가오'를 죽이지 않는 예술가 기질의 소유자다. 살아온 길이 전혀 다르지만 그런 기질이 우리 사이를 연결해준다. 물안개 가득하던 봉화산이 어두워지자 테이블 위에 빨간 석유등을 켜 놓았다. 산속 가득 빗소리가 요란하다. 자연의 소리는 그 어떤 소리도 '소음'이 아니다. 우리가 돌아갈 궁극적인 공간은 바로 저곳이고, 그곳이 상징하는 어마어마한 기의의 세계다. 그러므로 자연은 그 자체로 지혜의 경전이다. 안주는 지인이 보내준 여수 갓김치뿐. 자연 안에서의 단순한 생활이 그 어떤 문명보다도 생을 충만하게 만든다.

요즘 집필실 앞은 온통 접시꽃 천지다. 산수유 꽃이 떨어지고, 철쭉이 지고, 비올라가 시들고, 매발톱꽃이 흔적도 없이 사라지면, 이렇게 연이어 다른 것들이 피어나 꽃의 릴레이를 계속한다. 붉은 접시꽃, 흰 접시꽃, 분홍 접시꽃들은 이 세상에 화창함과 밝음 외에 다른 어떤 것도 필요 없다는 듯 눈부시다. 집필실 앞 데크 아래 작은 언덕은 온통 황금빛 루드베키아 꽃으로 물들었다. 루드베키아의 꽃말은 '영원한 행복'이란다. 기억하기 어려운 이 외래어 꽃이름을 외우는 팁이 "베껴야 누드"라는 우스갯소리가 있다. 때로 '검은 눈의 수잔Black-eyed Susan'이라는 아련한 이름으로 불리기도 한다. 루드베키아는 겉으로 보기에 금계국과 비슷하지만, 꽃의 모양새를 보면 조금 다르다. 금계국 꽃잎이 촘촘하고 두텁게 겹쳐 있다면, 루드베키아 꽃잎은 조금씩 벌어져 있고 낱장들이다. 저것들마저 지고 나면 이제 어떤 꽃들이 피어날까. 나는 도래할 미래에 어떤 꽃이 될까. 꽃이 될 수나 있을까. 아침에 일어나니 봉화산 숲속은 물안개로 아득하고, 나는 K가 가져다준 장작으로 난로에 불을 지핀다. 6월 말에 난로를 떨지 누가 알았겠는가.

오름과 내림,
안과 밖

머리를 풀어헤치고 땅바닥을 향해 자라는 희한한 나무가 있다. 물론 머리카락이 땅에 닿지 않을 정도로 키를 적당히 키워가면서 말이다. 능수느릅나무는 몸통은 태양을 향해 오르되 가지와 이파리는 지상을 향해 내린다. 능수느릅나무는 키 큰 우산처럼 마당 한 귀퉁이에 서서 상승과 하강의 분열을 몸소 시연한다. 마치 아버지에 대한 증오와 계모와의 사랑 사이에서 몸과 마음이 찢어졌던 이븐*처럼, 능수느릅나무는 오름과 내림의 분열 속에 서 있다. 퇴근하시던 할아버지가 나를 부르신다. 산란철을 맞은 물까치들이 능수느릅나무의 안쪽 꼭대기에 지은 집을 보여주고 싶어서다. 나무 안으로 들어가 보니 능수느릅나무의 내부는 한눈에 보기에도 억센 가지들이 복잡한 마음처럼 뒤엉켜 있다. 모순을 견디는 저 무지막지한 힘이 물까치의 집을 안전하게 떠받치고

* 유진 오닐E. O'Neill, 희곡《느릅나무 밑의 욕망》, 1924

있다. 안으로 들어가 우산 속 꼭대기에 있는 둥지 사진을 찍고 나오니, 때마침 집으로 돌아오던 물까치들이 마치 눈알이라도 빼먹을 것 같은 기세로 할아버지와 나에게 마구 달려든다. 물까치들은 자신의 내부를 들켜버린 엄청난 비밀의 소유자처럼 분노한다. 살기가 몸속까지 스며든다. 할아버지와 내가 혼비백산한다. 힘의 우열 이전에 분노의 강도가 이미 싸움의 승부를 결정한다. 자고로 깡다구 센 놈이 이기는 거다.

집필실의 창으로 해가 지고 있다. 창에 내려진 블라인드에 서녘 햇살이 그림을 그린다. 창밖 테이블 위에 놓여 있는 제라늄의 실루엣이 블라인드 캔버스에 인화된다. 방 안에서 실물의 나와 아이비와 미니장미가 그것을 쳐다본다. 세계는 이렇게 안과 밖, 내면과 외부의 길항 속에 존재한다.

특별한 손님

얼마 전 나와 함께 블록을 깐 오두막 앞마당 빈자리에 할아버지께서 꽃을 심으셨다. 십자형의 작은 공간 정중앙에 섬백리향을, 좌우엔 맥문동을, 그리고 위쪽엔 사계국화, 아래쪽엔 겹채송화가 새 손님으로 들어왔다. 인피니튜드 데크에서 내려다보니, 문득 아기자기 이쁘게 꾸며놓은 중세의 어느 작은 성당 앞에 있는 느낌이 든다. 그것은 이국적이면서도 무언가 경건한 아름다움을 선사한다.

텃밭의 완두콩이 다 익었다. 텃밭의 모든 작물은 할아버지께서 내게 하사하신 선물들이다. 할아버지의 '명령'으로 나는 아무 때나 무엇이든 가져다 먹을 수 있는데, 상추, 치커리, 신선초, 완두콩, 가지, 강낭콩, 대파, 쪽파, 방울토마토, 고추, 오이 등 없는 것이 없다. 사과, 호두, 보리수, 개복숭아, 대추, 밤, 블루베리, 준베리, 은행 등 과실들까지 합치면 무려 20여 종이 넘는다. 나는 특별히 콩을 좋아해서 어제는 완두콩을 한 바가지 따다 삶아 먹었다. 그러고도 남은 완두

콩으로 새 메뉴를 개발했다. 사실 '메뉴개발'까지는 아니고 그저께 배운 가지볶음을 새로 만들면서 완두콩을 추가해본 것이다. 이름하여 '가지 완두콩 볶음'이 만들어졌다. 할아버지께서 점심을 드실 때 한 접시를 가져다드리니 재미있다는 듯이 묘하게 웃으신다. 어리바리 백면서생이 반찬을 만들어다 드리니 기가 차신 모양이다.

어제는 주말을 이용해 졸업한 중년의 제자들이 모처럼 찾아와 유쾌한 술자리가 벌어졌다. 먹실골 집필실은 원칙적으로 '외부인 출입 불가'다. 이곳이 별장이나 펜션이 아니고 '집필실'이기 때문이다. 그러나 이 원칙에는 예외가 있는데, 그중의 하나가 제자들이다. 내게 제자들은 '특별 집단'이다. 아무 때나 그들이 오는 것을 막지 않는다. 단국대학교가 죽전 캠퍼스로 이전하기 전, 근 20년간 매주 금요일 밤마다 나는 한남동 캠퍼스 앞 '개골목', '할머니집'이라는 허름하기 짝이 없는 대폿집에서 제자들과 시간을 보냈다. 그 오래도록 따스하고 정겨웠던 대화의 결과가 내 첫 번째 산문집 『개 기는 인생도 괜찮다』다. 이 책 뒷면에 가득한 추천사들은 송해 선생님의 것을 제외하면 대부분 '개골목' 동지들인 우리 제자들이 쓴 것이다.

내가 일기를 쓰는 지금, 이 친구들은 인피니튜드 1층과 다락방에 곯아떨어져 있다. 한기가 올라오지 않도록 바닥에 요가 매트를 깔아주고, 이불 대신 미리 주문해놓았던 슬리핑백을 주었다. 이리하여 인피니튜드에 잠자리를 한 첫 손님들이 생겼다. 아침 해장을 위해 곧 고춧가루와 쪽파를 썰어 넣은 콩나물국을 끓일 것이다. 이렇게 또 하루가 밝아온다. 집필실 창밖 봉화산 자락에 운무가 자욱하다. 할아버지가 출근하시나 보다. 90cc 오토바이 소리가 점점 가까이 오고 흰둥이가 좋아서 마구 짖는다.

필연 위에 우연이

아침 물안개에 쌓인 숲은 어떤 신성이 자신의 피조물에 은유의 이불을 덮어 놓은 것 같다. 그것은 숨김으로써 더 많은 이야기를 한다. 숲이 자신을 감출 때 의미는 무한히 증폭되고, 그 끝에서 천천히 신성이 발효된다. 베란다 앞 사과나무는 신비의 블라인드를 배경에 깔고 초록 알들을 키운다. 경계를 지우는 저 희뿌염은 점점 더 커져 가는 사과 알들의 연료다. 그것은 멸망과 재생의 힘을 동시에 내장하고 있는 도화선이다.

> 초록 도화선으로 꽃을 몰아가는 그 힘이
> 내 초록 나이를 몰고 간다; 나무의 뿌리를 말리는 그 힘이 나의 파괴자이다.
> 하여 나는 구부러진 장미에게 말할 수 없네
> 내 청춘도 똑같은 겨울 열병으로 굽어버렸다는 것을.

—딜런 토머스D.Thomas「초록 도화선으로 꽃을 몰아가는 그
힘이」 부분

어젯밤에는 옆 마을에 사는 시인 A와 읍내 횟집에 갔다. A는 내게 먹실골의 집필실을 소개해준 당사자다. 말하자면 축복의 인연이 A에게서 시작된 것이다. 굴곡이 많았던 그의 생애에 대하여, 아주 찬찬히 들었다. 인생이 어떤 갑작스러운 사건들, 즉 우연성의 개입으로 순식간에 바뀔 수 있다는 사실은 삶에 대한 공포를 증폭시킨다. 필연성의 기차 위에 우연성의 폭탄이 날아다닌다. 그는 한때 훌륭한 엔지니어였으나 지금은 시인이다.

행인이 별로 없는 한밤중의 읍내 거리는 스산하기보다는 아늑하다. 상대적으로 경쟁이 덜한 거리, 도시의 이미지를 계속 모방하려 하지만 도무지 지워지지 않는 어떤 '촌스러움'이 마음을 오히려 편안하게 해준다. 경쟁자가 없으므로 마치 황야의 총잡이처럼 약간 거들먹거려도 된다. 아무도 그것에 시비를 걸지 않는다. 대리운전사가 먹실길 계곡의 어둠을 구불구불 뚫으며 나를 집필실까지 데려다준다. 과음 직전의 적절한 음주 덕분에 나는 마음의 소란도 없이 깊은 잠에 빠져든다.

문 앞의 비옥한 땅

집필실 데크 계단으로 오르는 자갈밭에 매년 맨드라미가 억척스럽게 자란다. 딱딱하고 메마른 땅에서 수도 없이 올라오는 맨드라미 떼는, 그 자체로 내게 늘 경이로움이었고 심지어 기적처럼 보였다. 그런데 어제 그 놀라운 생명력을 부채질하는 '비밀의 손'을 우연히 발견했다. 할아버지께서 그것에 퇴비를 주는 장면을 처음으로 목격한 것이다. 내가 보지 못했을 뿐, 그동안 할아버지가 물과 퇴비를 주면서 지속적인 관리를 해왔던 것이다. 그러니 세상에 정말 '거저'가 없다. 할아버지는 "문전옥답이라는 말이 왜 생겼겠어유. 집에 가까이 있어서 손이 많이 가니 기름진 논이 될 수밖에 없는 거쥬"라고 말씀하시며 조용히 웃으신다. 내가 쓴 글에서 '손'이 제대로 가지 않은 문장을 가끔 발견한다. 나는 그것을 '나태한 문장'이라 부른다. 긴장과 성의가 없는 문장들은 좋은 글밭의 잡초들이다. 글도 '문전옥답'이 되려면 항상 '깨어있는 품'이 많이 들어가야 한다. 점심때 '김치 감자전'

을 만들어 할아버지께 가져다드렸다. 할아버지께서 환하게 웃으신다.

어제 오후엔 K의 작업실에 내려갔다. K가 인피니튜드에서 내가 사용할 책상을 짜기 시작했기 때문이다. 조수를 자청해 내려갔지만 말벗이 되어주는 것 외에 실제로 내가 도와줄 일이 없었다. K는 대목이기 때문에 원래 이런 소품 전공이 아니다. 그런데도 내 눈앞에서 벌어지는 '전문성'의 기교는 정말 놀랍도록 아름다운 것이었다. K는 상판과 다리만 짜지 않고 두 개의 서랍까지 정성스레 달았다. 불과 두어 시간 만에 책상이 거의 완성되었다. 내일 상판을 올리고 오일스테인을 바르면 끝난다. 그것은 별로 시간이 걸리는 일이 아니다. K가 책상을 짜는 동안 그간 자주 보아온 그의 작업실을 유심히 둘러보았다. 출입문 오른쪽 벽에 걸려 있는, 'Log Life'라는 상호가 들어간 간판도 K가 직접 제작한 것이다. 나무 간판의 글자들도 전부 그가 손수 새겨 넣은 것인데, 글자들의 생김새나 배열도 '전문성'의 반열에서 전혀 밀리지 않는다. 출입문의 위쪽엔 내가 지금까지 자주 드나들면서도 워낙 무심해 전혀 보지 못했던 목공 기구가 하나 달려 있다. 이 기구는 '스크라이버'라는 것으로, 통나무를 포개어 나무집의 기둥을 쌓을 때 통나무들의 각도와 방향 등을 측정하고 표시하는 도구다. 지금은 장식으로 걸려 있지만, 이 기계는 K가 통나무집을 짓기 시작했던 20여 년 전 처음으로 사용했던 것이라 한다. 출입문 왼쪽에는 북미 원주민들의

LOG LIFE
SINCE-1997
Handmade Log House

장식품인 '드림캐처'도 걸려있다. 북미의 '인디언 보호구역'에서 흔히 만날 수 있는 드림캐처는 해석하기 나름이지만 많은 상징성을 가지고 있다. 둥근 원은 우주의 조화와 질서를, 그 안에 퍼져 있는 줄들은 악몽과 나쁜 환상을 걸러내는 거미줄을, 아래쪽의 깃털들은 그런 악몽이 가벼이 사라지기를 바라는 마음을 나타낸다고 한다. K의 작업실에 걸려 있는 드림캐처도 K가 직접 제작한 것이다. K는 한때 여러 개의 드림캐처를 만들어 주변에 선물로 주었다고 한다. 그 외에도 나로서는 용도를 알 수 없는 무수한 작업도구들이 주변에 널려 있다. 그 중에 K가 일하느라 잠시 풀어놓은 시계가 보인다. 오래전에 3만 원을 주고 산 것이라는데, 테두리와 유리에 긁힌 자국들이 가득하다. 집을 짓는 일이 얼마나 '전투' 같은 것인지 상처투성이의 시계가 보여준다. 장인도 거저 되는 것이 아니다. 집필실로 올라와 K가 챙겨준 고등어조림과 상추로 저녁을 먹었다. 새벽 이 시간 먹실골은 빗소리만 가득하다. 장마가 시작되었나 보다.

7월

꽃을 잃은 목련은 어느새 초록 어른이 되고, 영산홍은 아기 손바닥 같은 꽃잎을 무럭무럭 게워내고, 무너진 돌탑 옆에서 흰 개가 물끄러미 쳐다보고, 이쁘고 서럽고 조금 명랑하기도 한 시집을 읽고, 또

돌고, 돌고, 돌고.

책상 위에서
도래할 세계

K가 드디어 책상을 완성했다. 그제엔 도우러 갔다가 구경만 하고 올라왔는데, 어제는 그래도 일을 좀 했다. 책상을 다 짠 후 K가 의자를 만들기 위해 나무를 자르는 동안 원목 책상에 투명한 오일스테인을 발랐다. 붓이 지나갈 때마다 나뭇결이 더욱 선명해진다. 붓은 돋보기처럼 나무의 속살을 앞으로 당기며 또렷이 드러낸다. 샌드페이퍼로 갈아 비단처럼 부드러워진 나무의 촉감이 시각의 층위로 서서히 옮겨진다. 손이 움직일 때마다 나무 안에 숨어있던 이데아Idea는 점점 더 물질성을 갖게 되고, 정신은 천천히 최고의 집중 상태를 향해 간다. 그림을 그릴 때와 매우 유사한 과정이다. 목공일에는 그 자체의 쓸모와 무관한 쾌락이 있다. 고막을 찢는 듯한 전기톱 소리, 드라이버로 나사를 박을 때 작은 구멍에서 나무의 세포들이 파열되는 느낌, 한 치의 오차도 없이 나무와 나무가 연결되는 순간의 짧은 환희, 샌드페이퍼 기계로 나무의 표면을 갈아낼 때 작은 폭풍처럼 빠르게 휘날리

는 톱밥. 이 모든 과정은 이데아를 실물로 만드는 근육의 힘과 정확한 감각, 그리고 놀라운 집중력에 의해 이루어진다. 그것은 매우 창조적이며 야생적이다. 그리하여 어떤 목수들은 작업의 작은 단계가 끝날 때마다 (긍정인지 부정인지 모를) 욕설을 무슨 추임새처럼 넣기도 하는데, 그것은 사실 욕이 아니라 자신이 이룬 완성의 어느 단계에 저절로 터져 나오는 '탄성' 같은 것이다.

작업이 끝나자 K의 트럭에 책상과 의자를 싣고 먹실골 오두막으로 올라왔다. 임시로 사용하던 티 테이블을 끌어내고 책상과 의자를 들여놓았다. 그것들은 순식간에 작업장에서의 아우라Aura를 버리고 새로운 존재로 재탄생한다. 보이지 않는 누군가가 이미 거기에 앉아서 책을 읽고 글을 쓰고 있다. K와 책상 한 귀퉁이에 이런 문장을 써넣기로 했다. "On this desk, a new world will be opened." 나는 우리 세대가 모두 저문 멀고 먼 훗날에 K의 자손들이 이 문장을 보고, K가 이 책상을 만들 때의 생각과 느낌, 그리고 K의 호의로 이 책상 위에서 무언가 "새로운 세계"를 열기 위해 날 새워 끵끵거리던 한 작가를 기억하는 상상을 했다. 그들에게도 그들만의 도래할 '새로운 세계'가 필요하겠지.

K와 주현미를 틀어놓고 젓가락을 두드리며 노래를 몇 곡 따라 불렀다. 누가 들으면 만취 상태를 연상하겠지만, 우리는 고작 작은 막걸리 한 병씩을 마셨을 뿐. 그러므로 우리의 젓가락 장단은 물리적 취기가 아니라, 야생의 자유와 성

취의 기쁨에서 저절로 터져 나온 것이다. K의 작품을 보기 위해 K의 부인이 올라왔고, 그래서 성과의 기쁨은 더욱 배가되었다. K 부부가 내려간 후, 간단히 콩국수를 말아 저녁을 먹었다. 초저녁잠을 자고 일어나 마감을 하루 넘긴 원고에 달려든다.

금세 그리워지는 것들

인피니튜드 앞마당의 자줏빛 사계국화꽃들이 태양을 향해 일제히 옆으로 쏠려있다. 느티나무 그늘을 피하려는 아우성이다. 햇빛이 잘 드는 할아버지의 집 현관 오른쪽에 있는 채송화들은 똑바로 서 있는데, 그 모습이 색색의 연필로 가득 찬 크레파스 통 같다. 채송화들은 저녁이 되면 꽃잎을 닫았다가 아침이면 다시 문을 연다. 꽃의 운동성을 지배하는 것은 태양이다. 꽃들은 햇빛의 향방에 매우 민감하다. 마치 태양신을 숭배하는 사제들 같다.

어제는 단국대학교에서의 강연 때문에 먹실골을 잠시 떠났다. 죽전 집에 오니 아파트 안에 오가는 사람들이 하나같이 마스크로 중무장을 하고 있다. 오랜만에 산속에 있다 나오니 이런 풍경이 낯설다. 포스트 코로나의 시대임을 절감한다.

강연의 제목은 '거인들의 어깨 위에 서는 법: 책 읽기의 힘'이었다. 스펙을 쌓는 일 때문에 책 읽기가 뒷전으로 밀려 있는 시대에도 책을 놓지 않는 청년들이 여전히 있다. 저들이 세상을 키워갈 것이다. 마스크를 쓴 채 진지하게 내 강연을 경청하는 청년들이 대견하고 든든하다. 그 모습이 하도 아름다워 정해진 시간을 훨씬 넘겨 떠들다 보니 시간이 '오버'되었다는 주최 측의 사인이 날아온다. 항상 '오버질'이 문제다.

강연이 끝나고 집에 오니 딸애가 나를 동네 최고의 갈빗집에 데려가 저녁을 사준다. 처음 있는 일이다. 첫 월급을 받았단다. 식사 후 집으로 돌아오니 이번에는 봉투를 내민다. 앞면에는 봉투 가득 큰 글자로 "평생 효도", 뒷면에는 작은 글자로 "약속 지킬게요"라고 쓰여있다. 둘이서 깔깔거리고 웃는다. 봉투 안에 제법 큰 돈이 들어있다. 나는 괜스레 "한 두어 장 더 넣지 그랬어"라며 낄낄거린다. 오늘따라 퇴근이 늦어 함께 자리를 못한 사위를 위해 여분의 갈비를 포장해왔다. 이것은 물론 내가 계산했다. 잠시 후 나는 다시 먹실골로 들어간다. 아, 금세 그리워지는 것들.

이것들이 왜 이래

하루 만에 먹실골에 돌아왔다. 저녁을 막 먹으려는데 K가 올라왔다. K는 '술 타임'이고 나는 식사 후 밀린 '원고를 쓸 타임'이어서 아쉽게도 함께 마셔주지 못했다. K는 K답게 큰 물컵에 빨간딱지를 통으로 따라 천천히 마셨고, 이야기를 나누며 나는 밥을 먹었다. 나의 반찬이 K에겐 안주가 되었다. K가 적당히 취했을 때, 하필이면 시인 L에게서 전화가 왔다. L과 이런저런 대화를 하는데 K가 갑자기 한 번도 본 적이 없는 L을 바꾸어 달란다. K는 L에게 간단한 인사를 한 후에 양해를 구했다. 요컨대 전화로 노래를 불러 드려도 되냐는 것이었다. K는 전화를 스피커폰으로 해놓은 후에 L에게 노래를 불러주었다. K는 처절하기 짝이 없는 목소리로 김추자의 〈님은 먼 곳에〉를 불렀다. 노래가 저 먼 곳, 서울에 있는 시인 L에게 너울너울 날아갔다. 중간 중간 L의 감탄사가 들린다. K의 노래가 끝나니 L은 정말 "창자에서 우러나오는 노래"라며 감탄했고, 이번에는 L이 K에게 답가를 하겠다

고 나섰다. 나는 중간에서 "한 번도 본 적이 없는 이것들이 도대체 왜 이러지"라고 속으로 생각하며 낄낄거렸다. L은 요즘 연마에 연마를 거듭해 수준급에 오른 〈초혼〉을 불러주었다. 그랬더니 이번에는 K가 갑자기 〈여고 동창생〉을 답가로 불러주었다. 이 대목에서 갑자기 왜 〈여고 동창생〉을 부르는지 나는 배꼽이 터질 지경이었는데, 이에 질세라 이번에는 L이 다시 K에게 〈백마강 달밤에〉를 불러주었다. (도대체 이것들은 왜 이러고 사는 거지) 이렇게 생면부지 둘 사이에 노래 경연대회가 끝나고, K가 집으로 내려간 다음 내 배꼽을 만져보니 약간 빠진 것 같은 느낌이 들었다. 내일 날이 밝으면 다시 자세히 들여다보고 심각하면 병원에 가보든지 해야 할 것 같다.

즐거운 소란이 끝난 후 작업할 자료들을 들고 인피니튜드로 올라갔다. 엊그제 책상이 들어오기 전까지 나는 주로 낮에는 인피니튜드에서 책을 읽었고, 밤에는 집필실에서 글을 썼다. 그런데 이제 오두막에도 완벽하게 글 쓸 장비가 갖추어졌으니, 느티나무 밑의 고요에 침잠하고 싶었다. 스마트폰으로 플래시를 켜고 오두막으로 올라갔다. 공간이 작아지니 집중도가 훨씬 높아졌다. 게다가 K가 짠 책상과 의자가 나를 묵직하게 가라앉혀서 밀린 원고를 비교적 쉽게 끝냈다. 인피니튜드 창밖으로 멀리 소쩍새와 고라니가 번갈아 우는 소리가 들린다. 나는 더 큰 평화 속으로 침잠한다.

능소화의 연주 아래

화창한 일요일 아침, 능소화가 입을 열기 시작했다. 능소화는 꽃이 나팔처럼 생겨서 영어로는 'Trumpet vine'이라고 부른다. 오래전 캐나다에 살 때 여름이면 나무 담장마다 작고 붉은 트럼펫들이 줄줄이 피어나던 기억이 난다. 능소화는 뜨거운 계절을 좋아하여 여름 내내 옹기종기 태양의 음계를 따라서 나팔을 분다. 먹실골 연못가에도 벌써 몇 해 전에 할아버지께서 죽은 나무 밑에 능소화를 심어놓으셨다. 능소화는 해마다 키가 큰 고목을 껴안고 점점 높이 올라가 이제는 푸른 하늘과 태양을 향해 주홍의 울음을 토해낸다. 능소화는 풍성하고 부드러운 초록 외투로, 한 죽음을 완전히 덮고 덮은 후 그 꼭대기에서 무슨 생명의 찬가를 연주하고 있는 것일까.

어젯밤에 집필실 데크에서는 딸애 부부의 결혼 1주년을 기념하는 조촐한 파티가 열렸다. 잘 살아주어 고맙고 고맙다. 나는 오래전부터 '사위'니 '며느리' 같은 단어들을 싫어한다. 이 단어들엔 이미 식구가 된 존재들을 계속 식구 밖으로 밀어내는 묘한 어감이 실려 있기 때문이다. 나는 사위를 그냥 '마음속의 아들'로 여긴다. 사위를 뜻하는 영어 단어 'Son-in-law'가 그나마 객관적인 의미를 갖고 있다. 이쁘고 이쁜 것들. 잘 살아라.

강연, 문학상 심사, 즐거운 파티가 며칠 이어지다 보니 금세 이런저런 원고들의 마감일이 다가온다. 집필실 책상 옆 테이블 위에 있던 책들을 치우고, 그 자리에 내가 쓴 책들 중 몇 권을 올려놓는다. 책상으로 갈 때마다 그것을 보며 나는 청년 카프카F.Kafka의 고백을 다지고 되새긴다. "나는 문학이다."

사랑과 모험으로 가득 찬

어제 저녁 '아빠 표' 김치볶음밥을 먹은 후 딸애 부부는 집으로 돌아갔다. 아이들을 보낸 후 여러 행사 때문에 며칠 거른 운동을 하였다. 덤벨을 들고 섀도복싱을 한 후 샤워를 하고 나오니 한 시간 반이 훌쩍 지나간다. 아버지가 운동을 끝낼 무렵 죽전 집에 도착할 거라는 '마음속 아들(사위)'의 예상이 정확히 들어맞았다. 비슷한 시간에 집에 잘 도착했다는 전갈이 왔다. 한밤중 인피니튜드에 올라가 다음 원고를 쓰기 위해 한참 동안 바흐친을 읽다가 내려왔다. 유쾌하고 소란스런 만남 뒤의 고요는 공중에 떠 있던 정신을 영혼의 지상에 조용히 내려준다. 즐거운 파티도 매일 살롱을 순례하는 삶이 아니라 오랜 고독과 적막의 시간 뒤에 할 때 훨씬 더 귀하고 깊게 다가온다.

며칠만의 운동 덕분에 숙면을 취했다. 아침 일찍 오두막과 집필실 주변을 산책했다. 어젯밤 내가 빠져나온 인피니튜드가 아침 햇살 속에 환하다. 할아버지 집 앞의 채송화는 아직도 꽃잎을 열지 않은 채 늦잠을 자고 있다. 어제 낮에 태양을 향해 노랑, 빨강의 폭죽을 터뜨리며 깔깔거리던 모습은 어디 갔나. 지구로부터 대략 1억 4,960만 킬로미터 떨어져 있는 태양과 먹실골의 채송화들은 이렇게 단 한 순간도 끊이지 않고 교신을 주고받는다. 줄무늬 진 초록 사탕처럼 생겼던 구스베리 열매는 벌써 자줏빛으로 익었고, 아기 불알 같던 호두들은 이제 청년의 그것으로 커버렸다. 대추나무는 이제야 늦은 꽃을 피우기 시작하고, 집필실 앞의 사과도 알을 점점 키워 어느 것은 벌써 붉은 기운이 돈다. 텃밭의 방울토마토는 초록색과 빨간색의 열매를 열차처럼 줄줄이 달고 있다. 준베리 열매는 이미 다 떨어졌고, 블루베리는 아직도 한창이다. 파스텔 톤의 짙은 보랏빛 열매를 따 먹으니 상쾌한 단맛이 입 안 가득 돈다.

『비평의 해부』를 쓴 노스럽 프라이N.Frye는 세계의 문법을 관통하는 보편적 '원형'들을 발견한 것으로 유명하다. 그래서 그의 작업은 '원형 비평'이라 불리기도 한다. 나는 언젠가 〈교수신문〉의 서평에서, 이 책이 신비평이 한물가기 시작할 무렵에 구조주의 문학이론의 본격적인 등장을 예고하는 신호탄 혹은 징검다리의 역할을 하고 있다고 논평한 바 있다. 이 책의 세 번째 에세이에 따르면, 자연의 사계절과 문학의 대표 장르들은 서로 유사한 법칙을 공유하고 있다. 탄생의 봄은 여름이라는 해피 엔딩을 가져오므로 코미디, 여름은 사랑과 모험으로 가득 찬 로맨스, 가을은 모든 것이 죽음에 이르는 비극, 겨울은 죽음 속에서도 새로운 탄생의 씨앗을 가지고 있는 아이러니의 계절이다.

지금은 뜨거운 여름, 사랑과 모험으로 가득 찬 '로맨스'의 계절이다. 로맨스의 주인공들은 오로지 모험과 사랑에 집중할 뿐, 그 성장이 가져올 종말을 예상하지 못한다. 뜨거운 태양, 장맛비, 홍수, 천둥, 번개와 싸우면서 꽃과 나무들은 오직 열매를 키우기 바쁘다. 그들은 불과 몇 달 안에 적멸의 계절이 돌아올 것을 전혀 알지 못하며, 로맨스의 주인공들처럼 오로지 현재에 충실할 뿐이다. 가을이 다가와 여름의 화려한 옷을 벗기고 열매를 땅바닥에 떨어뜨릴 때, 비극의 계절이 시작된다. 그러나 뒤이은 죽음의 겨울은 그 죽음 속에 이미 새로운 탄생의 씨앗을 품고 있다. 사람의 삶도 이처럼 사계절의 순환을 겪는다.

가끔 서양의 철학이나 문학 이론을 공부하는 일을 무슨 허황된 지적 사치인 것처럼 비난하는 '국뽕' 작가나 평론가들을 본다. 막말로 지혜의 길에 동서양이 어디 있나. 그런 한심하고 멍청한 평론가들도 마르크스는 반드시 읽어야 한다고 생각할 것이다. 마르크스는 한국 놈인가. 그들은 지극히 무지하고 주관적인 편향의 모래 무덤에서 도무지 빠져나올 생각을 안 한다.

나의 파편을 해방하기 전에

어젯밤에는 늦게까지 오두막에서 페르난도 페소아 F.Pessoa의 시를 읽었다. 중요한 원고를 앞두면 이상하게도 그것과 전혀 관련 없는 책으로 손이 먼저 간다. 꼭 이렇게 딴짓을 한다. 나는 아마도 새 원고 쓰기를 회피하고 있거나, 두려워하고 있거나, 아니면 정신의 근육을 풀고 있는 것이다. 링 위에 오르기 전의 복서들이 꼭 이 모양일 거다. 도망치고 싶거나, 떨리거나, 잘 싸우기 위해 몸을 풀거나.

페소아는 필명이 아닌 70여 개의 '다른 이름'으로 다양한 장르의 수많은 작품을 썼다. 페소아가 본명 대신 사용한 그 모든 이름들은 페소아의 그림자가 아니라 각각 독립된 인물들이었다. 페소아는 '예술적 개별성'을 거부하였다. 훌륭한 예술가는 적어도 한 개 이상, 즉 복수複數의 개성을 가져야 한다는 것이 그의 생각이었다. 그에게 있어서 "나는 모든 타자들이다(I am all others)." 그는 자기 안의 수많은 타자들을 해방시켜 각각 자기 목소리를 내게 만들었다.

나는 나 자신을 알기 시작하고 있다. 나는 존재하지 않는다.

나는 내가 되고 싶은 것과 다른 사람들이 만든 나 사이의 틈새이고,

혹은 이 틈새의 절반이다, 왜냐하면 거기에도 삶이 있으므로……

그게 나다. 마침표.

불을 꺼라, 문을 닫아라, 그리고 복도 안의 시끄러운 슬리퍼 소리를 없애라.

나를 나 자신의 광대한 평화와 함께 내 방에 혼자 내버려 두라.

그것은 조잡한 우주이다.

—페르난도 페소아 「나는 나 자신을 알기 시작하고 있다. 나는 존재하지 않는다」 전문

나도 가끔 내 안에서 낯선 '나들(I's)'을 만난다. 페소아는 분열된 주체들을 애써 통합하지 않고 있는 그대로 놔둔다. 그것들은 그냥 그것들(What they are)이므로. 그것들은 그 자체로 "마침표"들이므로. "조잡한 우주"란 통일성, 전체성을 상실한 우주다. 그는 마지막 층위의, 어떤 궁극적 전체성, 통일성을 인정하지 않았다. 이런 의미에서 그는 온몸으로 불행했던, 70여 개의 '조각들' 혹은 '파편들'이었다.

리디아, 운명이 나를 두렵게 해. 아무것도 확실한 게 없어.
아무 때나 우리의 모든 현재를 바꿔버릴 무슨 일인가 일어날 수 있지.
우리가 이미 알고 있는 것을 떠날 때, 우리가 딛는 바로 그 발자국은 낯설지.

…(중략)…

우리는 신이 아니야: 아무것도 보이지 않아, 그래서 두려워,
그래서 새로움 대신에 우리는 메마른 인생을 더 좋아하지, 그 심연을.

— 페르난도 페소아 「리디아, 운명이 나를 두렵게 해. 아무것도 확실한 게 없어」 부분

야생동물 포획 기간이라서인지 먹실골의 밤에 가끔 총소리가 들린다. 며칠 전엔 밤 여덟 시 십오 분에, 그 전날엔 밤 열두 시 십삼 분에 몇 방의 총성이 울렸다. 나는 그때마다 산속의 동물들에게 느닷없이 일어났을 끔찍한 불행의 시간을 들여다보았고, 그 시간을 며칠이 지난 지금도 기억한다. 인피니튜드에서 집필실로 돌아오는 길이 캄캄하다. 그러나 나는 이 모든 누추하고 불쌍한 것들의 어깨를 껴안는 궁

극적인 존재를 믿는다.

나는 평안하다
미안하다

할아버지께서 일찍 퇴근하셨다. 집필실에 앉아 있으면 할아버지의 들고 나심을 다 알 수 있는데, 그것은 할아버지의 애견 흰둥이 때문이다. 오래 함께 지내다 보니 나는 이제 흰둥이의 짖는 소리를 사람의 언어로 번역할 수 있게 되었다. 할아버지가 아침에 출근하실 때 반가워서 짖는 소리, 퇴근하실 때 아쉬워하는 소리, 한밤중에 가끔 할아버지를 그리워하며 우는 소리로, 보지 않아도 할아버지의 행방을 다 안다. 흰둥이가 할아버지의 퇴근을 알리는 소리로 짖길래 나가서 인사를 드렸다. 오토바이 바퀴에 구멍이 나서 고치러 가신단다. 할아버지는 오토바이를 번쩍 들어 180도 돌린 후 시동을 거신다. 오랜 노동으로 팔뚝이 얼마나 굵으신지 모른다. 작년에 교통사고로 입원하셨을 때, 문병 온 사람들이 그 팔뚝을 보고 사고로 부은 줄 알고 걱정을 했으니 무슨 말을 더하랴. 내가 옆에서 "부은 게 아니고 원래 근육이 저러셔요"라고 말하자 깜짝 놀라던 사람들의 표정이라니.

'낙숫물이 바위를 뚫는다'는 말을 실감한다. 매일 조금씩 일기를 쓴 지 얼마 되지 않았는데, 단행본으로 치면 벌써 책 반 권 분량의 글이 쌓였다.

시간도 낙숫물처럼 흐른다. 오래전 사진 속에서 과거의 '나'들이 보인다. 유신 말기, 장발의 청년이었던 모습을 보면 다시는 그 시절로 돌아가고 싶지 않다. 문학과 정치 사이에서 너무 아프고 힘들었다. 몇 년 전 토론토의 한 라이브 바 앞에서 언더그라운드 밴드와 찍은 사진을 보면 오로지 즐거움과 유쾌함만 있어서 행복하다. 나는 얼마나 간절히 저렇게 가벼운 시간을 원하고 그리워하는가. 아직 액자에 넣지 못한 시서詩書 사진을 보면, 내가 시인이라는 사이렌이 울린다. 신은 시인에게 '가벼운' 시간을 결코 오래 허락하지 않는다. 나는 생각으로 무거운 머리를 달고 슬픈 걸음을 옮기는 짐승이다. 집필실 데크 테이블 위의 제라늄이 땡볕 아래서 터질 듯이 붉다.

벚꽃 그늘 아래 누우니
꽃과 초저녁달과 먼 행성들이
참 다정히도 날 내려다본다
아무것도 없이 이 정거장에 내렸으나
그새 푸르도록 늙었으니
나는 얼마나 많은 것을 얻었느냐
아픈 봄마저 거저 준 꽃들

연민을 가르쳐준 궁핍의 가시들
오지 않음으로 기다림을 알게 해준 당신
봄이면 꽃이 피는 이유가 다 있는 것이다
잘린 체 게바라의 손에서 지문을 채취하던
CIA 요원 훌리오 가르시아도
지금쯤 할아버지가 되었을 것이다
그날 그 거리에서 내가 던진 돌멩이는
지금쯤 어디로 날아가고 있을까
혁명의 연기가 벚꽃 자욱하게 지는 저녁에
나는 평안하다 미안하다
늦은 밤의 술 약속과
돌아와 써야 할 편지들과
잊혀진 무덤들 사이

아직 떠다니는 이쁜 물고기들
벚꽃 아래 누우니
꽃잎마다 그늘이고
그늘마다 상처다
다정한 세월이여
꽃 진 자리에 가서 벌서자

—오민석 「먼 행성」 전문

외로움은 내 삶의 바탕색이 되었다

어젯밤 늦도록 집필실에서 원고 쓰기에 한참 물이 오르고 있는데 K가 갑자기 올라왔다. K는 미리 "지금 글 쓰세요?"라고 카톡을 보냈다. 나는 그것도 보지 못하고 글쓰기에 집중하고 있었는데, 답이 없으니 그냥 쳐들어온 것이다. 이것이 장난기 많은 K의 스타일이다. 이 더위에 무려 아홉 시간을 불 옆에 앉아 우려낸 곰탕을 들고 왔다. 할아버지 것과 내 것을 따로 포장해 왔다. 지난 어버이날 내가 할아버지께 한우 우족을 사다 드렸을 때, K가 "이거 다 내가 달여야 해요. 존나 힘들어요. 다음부터 제발 이런 것 좀 아버님께 선물하지 마세요"라며 낄낄거리던 모습이 떠올라 웃음이 나왔다. 원고야 내일 쓰면 그만, 자연스레 술자리가 만들어졌다. 내가 이럴 줄 알고 미리 사다 놓은 '순살 왕꼬막' 통조림으로 K가 순식간에 안주를 만들어낸다. 아내를 잃은 후, 외로움은 내 삶의 바탕색이 되었다. 나는 평소 독서와 글쓰기로 이것을 잊고 지내는데, 이런 방문이 그 황량한 색깔을 일거에 날

려버린다. 고맙다.

이런저런 이야기로 유쾌한 시간을 보내다 보니 벌써 날이 밝아온다. 인피니튜드 다락방에 K를 재우기 위해 핸드폰의 플래시를 켜고 나갔는데 이미 떠오르기 시작한 태양이 그것을 무용지물로 만든다. 화창한 아침이다. K는 아직도 자고 있다. 나는 동거 반려견인 '꼬맹이'가 밥 달라고 깨워서 일어났다. 식사를 마친 꼬맹이는 다시 쿨쿨 잔다. 할아버지는 벌써 출근해 곤히 잠든 집필실과 오두막을 보셨을 것이다. "저것들, 어제 또 마셨구나" 그러실 것 같다.

찢어진 영혼을 기우며

한 시간 전에 수요일에서 목요일로 건너왔다. 어제 쓸 분량의 원고를 마쳤다. 오늘 또 같은 분량의 원고를 쓰면 일단 중요한 원고 하나는 끝난다. 글은 미로를 만든다. 글이 굴을 파고, 굴속에서 다른 길이 열린다. 문장의 갱도를 처음 들어갈 때마다 두렵고 떨리고 설렌다. 그러나 안다. 길이 길 앞에 있다는 것을. 작은 길이 굽이굽이 갱도를 돌 때 언뜻언뜻 암흑이 빛난다. 암흑의 빛이라니. 그 빛 아닌 빛이 길이다.

이영광의 시집 『끝없는 사람』을 읽는다.

더 잃을 것이 없어지느라
배도 몇 번 째본 내가
기고만장해서

여기가 바닥인가
중얼거리면

예, 거기가
바닥입니다
누가 발밑에서 답한다

내 무덤 아래에 늘
다른 무덤이 있다

—이영광 「바닥」 전문

아, 끝없는 바닥. 어디까지 내려가야 "더 잃을 것이 없"어질까. 바닥을 경험한 사람은 경건해질 가능성이 높다. 그러나 시인은 바닥 아래의 바닥, 무덤 아래의 무덤까지 들여다보느라 아프다. 영혼이 아플 때 나는 육체를 혹사한다. 어제 낮에도 일부러 창문을 다 닫고 덤벨을 들고 섀도복싱을 한 시간 동안 했다. 그래야 땀을 더 많이 흘리므로. 강건해진 육신이 너덜너덜해진 영혼을 조금씩 기우므로. '깁다'라는 말, 참 좋다. 망가진 것, 찢어진 것을 꿰매느라 바쁘다면 잘 살고 있는 것 아닌가.

먹실골의 문법

이제 땡볕의 여름이 본격적으로 시작된 것 같다. 먹실골에서 태양과 가장 가까운 대화를 나누는 식물들은 채송화다. 채송화는 날이 더워질수록 더 만발한다. 붉고 노란 꽃들이 한낮의 찌는 더위를 깔깔대며 환호한다. 재래종 채송화 옆에는 땅채송화가 작고 노란 별꽃들을 뿜어 올리고 있다. 가까이 들여다보면 이건 숫제 지상에 내려온 별들의 축제다. 땅채송화는 원래 바닷가 바위 위에 자라는 식물이고 주로 경남 이남 지역에 분포되어 있다는데, 강원도 산골에 무슨 일로 쳐들어와 저렇게 난장을 벌이는지 모르겠다. 불꽃놀이채송화도 태양을 향해 작은 보라색의 폭죽들을 쏘아 올리느라 여념이 없다. 모두들 사느라 열심이다. 참 아름답다.

할아버지 집 앞의 능수느릅나무 속에 둥지를 틀었던 물까치 부부는 최근 일곱 마리의 새끼를 부화했다. 두 식구가 이제 아홉 식구로 불어난 것이다. 사진을 찍으러 가까이 가니 물까치 부부가 찢어질 듯 섬뜩하게 소리를 지르며 마구 덤벼든다. 살기가 뼛속까지 느껴진다. "얘들아, 미안해. 아가들 안 건드릴게. 사진 한 방만 찍자, 응?"이라고 큰소리로 사정을 하지만 전혀 통하지 않는다. 자꾸 가까이 가니 이제 다른 물까치들까지 날아와 집단적으로 공격을 한다. 말 그대로 '걸음아, 날 살려라'하고 내뺐다. 이 모습을 본 할아버지께서 "오 교수 저 모습을 사진으로 찍었어야 하는데" 하시며 배꼽을 잡고 웃으신다.

먹실골 살이 3년 차에 접어들며 나도 모르는 사이에 내 몸에 변화가 생겼다. 지난 2년간 여름이면 나는 가을이 올 때까지 24시간 에어컨을 틀고 지냈다. 연구실, 차 안, 집, 어딜 가도 에어컨이니 그게 당연한 생활이었다. 그러나 올여름 나는 문득 내가 에어컨을 전혀 사용하지 않고 있음을 깨달았다. 나도 모르게 내 몸이 도시의 문법을 버리고 있는 것이다. 인피니튜드야 느티나무 그늘 아래 있어서 에어컨 자체가 필요 없을 정도로 시원하지만, 집필실은 서향이어서 오후가 되면 상당히 덥다. 그러나 나는 문을 다 열어 넣고 웃통을 완전히 벗어젖힌 채 작업에 몰두하고 있는 나를 문득 발견한다. 작정을 하고 그런 것도 아닌데, 바람 불 듯 내 몸이 저절로 그렇게 되어 버렸다.

100매짜리 중요한 원고를 끝낸 기념으로 어제는 읍내에서 회를 떠와 K 부부와 한잔했다. 나이 먹을수록 이런 '어울림'이 점점 더 소중하게 느껴진다. 사랑받고 사랑하지 못한다면, 도대체 난감하기 짝이 없는 이 행성에서 어찌 살아갈까.

연두색 밑줄

글을 쓰다가 오랜만에 니체의 『차라투스트라는 이렇게 말했다』를 다시 읽었다. 나는 책을 보다가 중요한 대목이 나오면 연두색 연필로 밑줄을 그은 후에 귀퉁이를 접어놓는 습관이 있다. 이렇게 해놓으면 그 책을 다시 읽을 때 접힌 페이지 위주로 짧은 시간 안에 복습을 할 수 있으니 좋다. 니체는 제2부의 「시인들에 대하여」라는 글에서 "옛 시인이든 오늘의 시인이든 나는 시인들이라면 지쳤다. 그들 모두가 내게는 껍질이며, 얕은 바다에 지나지 않는다"라고 했다가 마지막에 가서는 시인을 "정신의 속죄자"라고 부르고 끝낸다. 이 책은 상상력과 사유의 끝이 없는 보고다. 읽고 또 읽어도 새롭다. 이 책은 "껍질"이고 "얕은 바다"이자 "정신의 속죄자"인 내 영혼을 끊임없이 들쑤신다. 좋은 책은 나의 열등감을 자극한다. 나는 아무런 도전이나 자극이 없는 책들은 읽지 않는다. 그런 책들은 영혼의 나태와 퇴행을 부채질하므로 차라리 안 읽는 게 낫다.

비 내리는 오두막

새끼 사진을 찍으려다 물까치들과 불화한 후, 얘네들이 나를 부쩍 경계한다. 물까치들은 내가 둥지와 멀리 떨어진 오두막을 오갈 때에도 나를 마구 공격한다. 전깃줄이나 느티나무에 앉아 나를 감시하다가 내가 지나가면 느닷없이 달려든다. 한마디로 나는 완전히 찍힌 거다. 내 의지와 무관하게 나의 행동이 저들에게는 생명의 위협이었으니 미안하고 미안하다. 다시는 너희들 둥지 근처에도 가지 않을게.

어제는 모 문예지의 가을호 원고 50매를 끝냈다. 원고를 다 쓴 후 '아래한글'로 계산하니 49.9매였다. 이런 정확성, 참 좋다. 장맛비가 집필실 부엌 지붕에 콩 볶는 소리로 온다. 하루 종일 정신의 하이퍼 상태로 지냈더니 피곤도 모르겠고 잠도 오질 않는다. 글쓰기는 모종의 마약성이 있다. 헤로인에 취해 신문의 단어들을 오려낸 후 그것들을 무작위로 연결해 작품을 쓰기도 했던 윌리엄 버로스W.Burroughs가 떠오른다. 이렇게 표준어법의 문장들을 마구 파괴해서 무작위로 연결시키는 작업을 '자르기 기법'이라고 한다. 그는 아마도 삶의 '비일관성'을 보여주기 위해 그렇게 했을 것이다.

냉동실의 고기를 꺼내 구운 후 빗소리에 찍어 소주를 마셨다. 한 병만 마시고 자려 했으나 주현미의 〈목포의 눈물〉 때문에 결국 두 병을 마시고 잠자리에 들었다. 꼬맹이가 밥 달라고 깨워 아침 일찍 일어나니 비가 계속 내리고 있다. 교정을 끝낸 두 편의 원고들을 이메일로 보냈다. 아침을 먹은 후에 비 내리는 느티나무 아래 오두막에 들고 싶다. 거기에서 가장 먼저 할 일은 초록에 흠뻑 젖어 경전을 읽는 것.

경전을 읽다 보면 반복되는 표현이 있다. 성령은 위에서 '내려오고', 사탄은 옆에서 '들어온다'. 말하자면 현세의 인간은 '성령'보다는 '사탄'의 등가물일 확률이 높다. 때문에 한 사람이 온갖 치욕을 다 겪은 후 나무에 못 박혀 죽고 하늘로 '올라갔다'. 그리고 그는 자기 대신 보혜사 성령을 내려보내셨다. 그래서 성령은 늘 '내려온다'는 표현을 입는다. 우리에게 주어진 일은 우리와 수평적 등가에 있는 '사탄성'을 몰아내고, 그 자리를 수직적 성령의 진리와 사랑으로 채우는 것이다.

산중의 소리

낮에는 K와 그의 동료 대목 둘이 다녀갔다. 나도 이제 잘 알고 지내는 목수들이라 이물이 없다. 하나같이 선하다. 아무런 긴장이 없는 빗속의 느긋한 환담이 정겹다. 커피잔을 꺼내다 싱크대 문짝이 어긋나 잘 닫히지 않는 것을 발견한 K가 당장 드라이버를 가져오란다. 내가 이 빗속의 이 분위기 속에 무슨 놈의 드라이버냐고, 나중에 고치라고 했더니, 환하게 웃으면서 "맞네요" 그런다.

누구는 나보고 산속 독거 생활이 외롭지 않냐고 묻는다. 대체로 외롭지 않거나 외로울 시간이 없다. 매일 분에 넘치는 환대를 받고 있기 때문이다. 사랑의 바다가 밀물처럼 몰려와 고독의 섬들을 멀리 밀어내는 것을 자주 느낀다. 게다가 책 읽기와 글쓰기에 이보다 더 좋은 조건은 없다. 물론 외로울 때도 있다. 그러나 그 외로움은 내 정신의 근육을 키워준다고 믿는다.

한밤중 비 내리는 오두막에 앉아 데리다를 읽고 있는데,

계곡 건너에서 호랑이 울음소리 같은 것이 들려온다. 이 산중에 호랑이가 있을 리는 없고 멧돼지 퇴치용으로 건너편 농가에서 틀어놓은 기계음이다. 어리바리한 내가 그것을 몰라 놀랄까 봐 할아버지께서 낮에 미리 귀띔해 주셨다. 삼 년 전 내가 먹실골에 처음 들어왔을 때에도, 한밤중에 성난 사람의 고함소리 같은 것이 계속 들려와 놀란 적이 있다. 다음 날 할아버지께 여쭈었더니, 그것은 사람이 아니라 고라니가 우는 소리였다. 울음소리만 들으면 고라니는 항상 화가 나 있는 사람 같다. 최근 며칠 사이 할아버지의 고구마밭에는 고라니들이 쳐들어와 고구마 순만 따먹고 갔는데, 건너편 농가의 고구마밭은 멧돼지의 습격으로 쑥대밭이 되었다. 달도 뜨지 않은 숲속의 밤은 모든 의미가 정지된 '무'처럼 보이지만, 그 속에선 매일 생명을 건 혈투가 조용히 벌어진다. 진실은 아침의 태양 아래 비로소 드러난다. 조금 있으니 이번에는 총소리가 울려 퍼진다. 이 우중에 포수들이 동원된 것인지, 기계음인지 잘 분간이 안 되지만, 총소리는 항상 죽음의 예각을 달고 있어서 슬프다.

> 환대는 시적인 것일 수밖에 없다(An act of hospitality can only be poetic).
>
> —자크 데리다

여기에서 "시적인 것"이란 유동적인 것, 뒤집어질 수 있는 것을 의미한다. 가령 손님을 아무런 조건 없이 주인처럼 대할 때, '너'를 '나'로 대할 때, '환대'가 발생한다. 데리다의 표현을 빌리면 "(주인이 손님이 되고 손님이 주인이 되는) 이러한 치환들"이 환대다. 은유가 일종의 '이름 바꾸기'인 것과 마찬가지다. '증오'는 이 '자리 바꾸기'가 불가능한 정신의 상태다. 그것은 감정의 울혈 상태다.

밤늦게 우산을 쓰고 집필실로 돌아오니 두터운 동백나무 이파리에 빗소리가 요란하다. 휜둥이도 비를 좋아하나. 오늘 밤 휜둥이는 서러운 울음을 울지 않는다.

사람의 소리

새벽까지 일을 하고 거의 점심때 일어나는 생활을 며칠 하니 생체리듬이 다 깨진다. 그래서 어제는 운동을 많이 하고 일찍 잠자리에 들었다. 덤벨과 섀도복싱으로 몸을 혹사했더니 거꾸로 정신이 상쾌해진다. 휴식은 생업과 전혀 다른 것을 할 때 효과가 있는 것 같다. 평소 정신을 혹사하는 사람이 쉬는 시간에도 장기나 카드, 화투를 치면서 머리를 괴롭힐 이유는 없다. 그래서 나는 '놀 때 머리 쓰는 것'을 제일 싫어한다. 공부와는 정반대로 거칠게 몸을 혹사하는 것, 예컨대 땀을 뻘뻘 흘리며 달리기, 섀도복싱, 축구 같은 격렬한 운동을 하거나 술을 (때로 조금 과하게) 마시는 게 내게는 정신의 휴식이다. 거꾸로 몸을 많이 사용하는 일을 하는 사람에게는 요가나 바둑, 명상, 책 읽기 같은 취미가 휴식이 될 것이란 생각이 든다.

사람은 피아노 건반 같아서 다양한 음계를 가지고 있다. 그런데 많은 사람들이 한 인간에게서 '한 소리'를 기대한다.

왜냐하면 그것이 인간을 전유하는 가장 나태하고 손쉬운 방법이니까. 자신이 원하는 한 가지 소리가 나오지 않을 때, 혹은 다른 사람이 그 인간의 음색을 다른 건반으로 이야기할 때, 사람들은 분노에 빠진다. 왜냐하면 가장 단순하고 안이한 자신의 태도가 문제가 되므로. 인간은 기호와 마찬가지로 (바흐친의 표현을 빌리면) 이질적인 것들의 결합, 즉 '이어체'다. 한 '인간'이라는 기표는 무수한 기의를 가지고 있다. 한 건반을 누르면 한 가지 소리가 나오고, 다른 건반을 누르면 다른 소리가 나온다. 그 '다성성'을 무시할 때, 인간에 대한 왜곡이 발생한다. 한 사람에 대한 우상화든, 악마화든, 그런 일들은 대상을 제멋대로 '단일강세화'하는 것이다. 건반이 하나밖에 없는 피아노는 없다.

어제는 아침밥을 안치고 남는 시간에 집필실 뒷동산에 오랜만에 올랐다. 세상에……. 할아버지께서 그 엄청난 잡초들을 제초기로 모두 깎아놓아 뒷산이 마치 넓은 공원처럼 변했다. 잡초에 반쯤 숨겨져 있던 아담한 연못도 제 모습을 드러내었다. 올챙이들이 꼬무락거리고 있다. 주목과 능수느릅나무, 호두나무와 보리수, 단풍나무들이 말끔히 청소를 해놓은 풀밭에서 전신을 뽐내고 있다. 꼭대기에 올라가니 할아버지가 계신다. 위에서 내려다보니 이 광활한 땅을 혼자 관리하시는 할아버지가 새삼 '거인'으로 다가온다. 손 가는 만큼 변화가 일어난다. 할아버지의 이런 모습을 뵐 때마다 K와 내가 하는 말이 있다. "이번 생애는 여기까지." 우리가 아무리 애를 써도 할아버지의 부지런함을 도저히 따라갈 수 없다는 이야기다.

오후엔 꼬맹이 사료도 살 겸 읍내에 장을 보러 다녀왔다. 나간 김에 할아버지 간식으로 떡을 사다 드렸다. 먹실골 들어오는 길에 K의 작업실에 들르니 K가 커다란 체리를 봉지에 듬뿍 담아준다. 나는 '먹실골'과 '읍내'라는 말들의 따듯한 공명 때문에라도 이곳을 떠나지 못할 것 같다.

무안한 폭로

시인 L의 출판 예정인 시집 원고를 읽고 '표4'를 써서 보냈다. '표4'의 문법은 원래 '상찬賞讚'인데, 나는 평론 유의 글을 쓸 때 그런 일을 잘 하지 않으므로 사실상 짧은 '분석' 글을 보냈다. 유년기부터 성인이 다 되도록 그가 겪어온 '주변인'의 삶이 무슨 소설처럼 아프다. 나도 나름 '밑바닥'의 긴 세월을 보냈다면 보냈는데, 그는 밑바닥 아래의 바닥을 겪었다. 문득 러시아의 바닥이란 바닥을 오체투지로 다 훑고 다닌 후에 작가가 되었던 막심 고리키M.Gorky가 떠올랐으나 그 이야기는 하지 않았다. 그가 아직 더 먼 길을 가야 하기 때문이다. 세상엔 내 아픔보다 더 큰 아픔들이 널려 있다. 징징거리지 말자.

오늘 본의 아니게 물까치의 둥지를 보았다. 내가 직접 본 것이 아니라, 먹실골을 우연히 방문한 사진 전문가가 나를 도와준다고 내 스마트폰으로 대신 찍은 화면을 본 것이다. 지난번 우연히 물까치 둥지를 찍으려다 물까치들의 집중적인 공격을 받은 이후 나는 그 둥지에 다시는 얼씬도 하지 않았다. 나의 호기심이 다른 존재에게 생명의 위협으로 느껴지는 것을 정말 원치 않았기 때문이다. 사진으로 본 둥지는 한마디로 못 볼 것을 본 느낌이었다. 부화한 물까치 새끼들의 모습이 흉하다는 것이 아니라, 누군가 그렇게 목숨 걸고 보여주기 싫어한 것을 봤을 때의 어떤 참혹함, 무안함 같은 것이 후회와 함께 벌겋게 밀려왔다. 보여주기 싫은 내 몸이 대낮에 강제로 발가벗긴 채 구경꾼들에게 노출된 느낌이라고 할까. '저쪽'의 무안함이 '이쪽'의 무안함으로 속절없이 넘어와 너무 비참했다. 에구, 미안해라, 이 붉은 생명들이여. 발가벗겨진 영혼이여. 폭로된 비밀이여. 나는 앞으로 다시는 둥지를 기웃거리는 '범죄'를 저지르지 않을 것이다. 이게 다 도시의 얼치기가 숲속에 들어와서 생기는 일이다.

지녁에는 K와 읍내 '풍년식당'에 나가 순댓국을 먹고 왔다. 차를 빼러 가는 길에 길가에서 찐 옥수수 열 개를 사서 둘이 나누었다. 초저녁인데도 돌아오는 읍내 길이 한적하다. 몸이라는 것이 얼마나 습관에 민감한지 하룻밤을 새우면 그다음 날도 새우려 하고, 하룻밤을 일찍 자면 그다음 날에도 일찍 자려 한다. 어제 일찍 잠자리에 들었더니 밤 열한 시도 안 되었는데 졸음이 밀려온다. 몸의 순리에 따라 잠자리에 누웠으나 정리되지 않은 생각들이 어질거려 다시 일어난다. 나는 아무래도 올빼밋과에서 벗어나기 힘들 것 같다.

운명

초저녁에 텃밭으로 방울토마토를 따러 나가니 물까치 부부가 가까운 전깃줄에서 이 나무 저 나무로 이동하며 나에게 달려든다. 어린 새끼들을 키우는 동안 둥지 주변의 모든 움직이는 것들은 저들의 적이다. K의 동료 대목에게 들은 이야기인데, 물까치들은 워낙 공격성이 강해 둥지 주변의 작은 새들을 죽여 주변의 나뭇가지들에 걸어놓고 공포 분위기를 조성하기도 한단다. 한마디로, 사람까지 포함해 그 누구도 자신들의 둥지 근처에 얼씬도 하지 말라는 거다.

밤 11시 12분, 집필실 가까이에서 오토바이인지 자동차인지 구분하기 어려운 것이 천천히 움직이는 소리가 들린다. 고무 타이어가 땅 위의 잔모래를 슬쩍 긁고 지나가는 소리. 흰둥이가 계속 짖는다. 책을 읽다가 창밖을 내다보니 아무런 불빛도 없고, 칠흑 같은 어둠은 그 속을 전혀 보여주지 않는다. 내 귀만 민감해질 대로 민감해질 무렵, 아주 가까운 거리에서 정확히 두 발의 총성이 울려 퍼진다. 포획허가 기간을 맞이하여 누군가가 멧돼지나 고라니에게 총탄을 날린 것이다. 공포는 대상의 정체성을 분간할 수 없을 때 생긴다. 새끼들을 품고 깊은 잠에 빠져있었을 물까치들도 보이지 않는 포성에 얼마나 놀랐을까.

다시는 새 둥지 근처에도 가지 않겠다는 내 안의 약속이 하루 만에 깨졌다. 할아버지께서 현관 기둥 옆에 잡다한 물건을 넣어둘 용도로 세워 놓은 책장에 작은 새가 둥지를 틀었으니 보라고 하신다. 나는 전날의 물까치 사건(?)을 이야기하며 이제 새 둥지에 가까이 가지 않겠다고 말씀을 드린다. 그런데 할아버지 말씀이 재미있다. 물까치처럼 덩치가 크고 힘이 센 새는 사람이 나타나면 요란하게 공격함으로써 자신의 둥지가 근처에 있다는 사실을 자신들도 모르게 드러낸다. 그러나 작은 새들의 경우는 다르다. 할아버지께서 보라고 하신 둥지는 붉은머리오목눈이(흔히 뱁새라 부른다)의 집이었다. 이 새는 참새보다도 약간 작은데, 사람이 둥지 근처에 가도 일체 아는 체를 안 한다는 것이다. 그래서 일부러 꼼꼼히 뒤져 보기 전에는 그 근처에 둥지가 있다는 사실조차 알기 힘들다는 것이다. 붉은머리오목눈이의 둥지가 있는 곳은 할아버지 집의 정수기 물을 뜨러 가느라 내가 매일 지나치는 곳인데, 그곳에 새 둥지가 있을 거라고는 상상조차 한 적이 없다. 할아버지도 최근에 우연히 아셨다고 한다. 그러니 새들도 저마다 다른 생존 방식을 가지고 있는 것이다. 할아버지의 말씀을 듣고 붉은머리오목눈이의 둥지에 가보니 정말로 작은 새끼 두 마리가 옹종거리며 앉아 있다. 귀하고 예쁘다. 전날 물까치들의 공격에 놀란 내가 어디를 둘러봐도 어미 새들이 보이지 않는다. 덕분에 마음 편히 사진을 찍고 집필실로 올라오다 궁금해서 슬쩍 뒤돌아보니, 이런, 근처 나뭇가지 위에서 작은 새 두 마리가 어른거린다. 저 작은 존재들은 저항할 힘이 없으므로 그냥 놓아두고 피함으로써 위기에서 벗어난다. 모든 것을 운명에 맡긴다. 그러나 새끼들의 생명을 운명에 맡기고 멀리서 무력하게 지켜보기만 할 때, 저들은 얼마나 속을 태울까. 이래저래 업보가 쌓인다.

***

'신선한 아침'이라는 표현은 진부하지만 사실을 내포하고 있다. 진부한 것은 그것을 느끼지 못하는 우리의 감각이다. 안개에 쌓인 숲과 이슬방울을 달고 있는 연잎, 부지런한 새들의 수런거림은 '시작'의 신성으로 충만하다. 이것이 매일 아침을 새로운 것으로 만든다. 자연의 이런 신호를 읽을 때, 문득 나의 아침도 새로워진다. "적멸의 마지막 모서리까지(To the edge of doom)"(셰익스피어 「소네트 116번」) 늘 새롭기를, 감사하기를.

무럭무럭

오전엔 어느 국내 작가의 평전을 읽었다. 누구나 인정하는 훌륭한 작가라 그의 인생에 대해 나름 호기심을 가지고 보았는데, 일단 재미가 없다. 그의 문학은 특수했으나 그는 너무나 착하고 성실한 '범생이'였기 때문에, 삶의 '드라마'가 거의 없다. 그의 삶은 자고로 예술가는 모두 괴팍하고 삐딱한 존재일 거라는 예상을 단번에 뒤집는다. 이것이 그의 괴팍함이다. 그는 구경거리가 아닌 한 성실한 시민의 삶을 살았으나, 그의 문학은 늘 공통적인 것을 주제로 삼았고, 시대의 핵심적인 문제들을 지루할 정도로 물고 늘어졌다. 그는 이런 말을 남겼다. "신화란, 특별한 사람들의 이야기가 아니라, 보통 사람들이 깊게 살아갈 때 그 인생을 부르는 이름이다." 그는 "깊게 살아"간 "보통 사람"이다.

책을 읽고 있는데 갑자기 후두둑 후두둑 비가 쏟아진다. 창밖으로 주룩주룩 내리는 비를 보니 내 안에서 어떤 생명성이 깊이 발효됨을 느낀다. 여름비는 (지나치지만 않으면) 더

위를 식히며 만물을 자라게 하는 신비한 효모 같다. 그리하여 나는 비를 맞지 않고 그것을 쳐다만 봐도 내가 무럭무럭 자라나는 착각을 한다. 마치 끊어졌던 정신의 성장판이 어느 순간 갑자기 이어지는 느낌.

아름다운 폐인

오늘 중요한 결혼식이 있어서 어제 먹실골에서 나왔다. 딸애 부부와 죽전 아파트 앞 카페에서 오랜만에 함께 점심을 나누었다. 이탈리안 음식을 먹으면서 딸애가 이제 이런 메뉴가 아빠에게 어울리지 않는다고 한다. 아빠에게는 이제 국밥, 순댓국, 이런 게 더 잘 어울린단다. 얼굴도 시커메지고 아빠가 갈수록 상남자(?)가 돼가고 있다는 게 딸애의 총평이다. 딸애는 아빠의 '수박 배'를 가리키며 "왜 이렇게 귀여워"를 연발한다. 식사 후 빙수를 함께 나누면서 나도 모르게 '문명'을 느꼈으니 나도 이제 시골 사람이 다 되었나 보다.

요즘 며칠간 밤낮을 거꾸로 살았다. 새벽 동틀 때까지 일을 하고 오전 내내 잠을 자는 일과가 반복되었다. 덕분에 몸은 피곤하고 그간 잘 보지 못했던 먹실골의 새벽 풍경을 자주 보았다. 장마철 먹실골의 새벽은 늘 안개에 덮여있다. 새벽안개는 아침이 오기까지 짧은 시간 동안 숲을 덮고 드러내고 감추기를 반복한다. 그것은 멈추어 있지 않다. 그것은 느리게 움직이며 마음 밭을 휘젓는 시詩다. 나는 이슬에 흠뻑 젖은 초록 풀을 밟으며 안개 낀 정원과 연못 주위를 천천히 산책한다. 그럴 때마다 건너편 별장에서 새벽닭 우는 소리가 들린다. 짧은 산책의 종점은 항상 인피니튜드다. 그쯤이면 시의 시간이 끝나고 산문의 시간이 시작된다. 떠오르는 태양과 함께 안개가 걷힌 오두막이 선명한 자태를 드러낸다.

아파트로 돌아온 아침, 이 글을 쓰다 보니 요즘 한창 미모를 뽐내고 있는 먹실골의 절굿대가 떠오른다. 서양 이름으로는 리아트리스인 이 꽃은 생긴 것이 꼭 폭죽 같다. 불만 붙이면 폭음을 내며 높이 솟아올라 꽃잎을 하늘에 산산이 날리며 떨어져 내릴 것 같다. 그 모양이 게이들이 좋아하는 깃털 장식을 닮아 'Gay feather'라는 별명을 가지고 있다고 한다.

죽전 아파트에 오니 인공 시냇물이 졸졸 흐른다. 사진으로만 보면 실제 시냇물과 다를 바 없다. 내가 사는 죽전의 이 아파트는 산자락에 있어서 나무와 새가 많다. 작은 새들은 물론 직박구리, 물까치, 꿩, 뻐꾸기, 고라니 우는 소리까지 들린다. 심지어 산책로엔 "이곳은 뱀이 자주 출몰하는 곳이니 주민 여러분은 조심하시기 바랍니다"하는 경고판이 가끔 붙어있다. 주거 조건으로 내게는 최상인 이런 아파트가 대체로 돈이 안 된다. 한국에서는 '자연'이 아닌 '역세권'의 문법이 훨씬 우세하기 때문이다.

어젯밤에는 오랜만에 두 시인과 만나 죽전 집 앞 주점에서 느린 속도로 한잔했다. 시와 철학과 각자 따로 겪은 세상의 '바닥'에 대한 이야기들이 약간 슬프면서도 정겹게 오고 갔다. 나는 '주점酒店'이라는 한자어가 좋다. 이 단어에는 한가함과 피로와 절망과 다정함 같은 이질적인 것들이 안개처럼 섞여 있다.

초경을 막 시작한 딸아이, 이젠 내가 껴안아줄 수도 없고
생이 끔찍해졌다
딸의 일기를 이젠 훔쳐볼 수도 없게 되었다
눈빛만 형형한 아프리카 기민들 사진;
"사랑의 빵을 나눕시다"라는 포스터 밑에 전 가족의 성
금란을
표시해놓은 아이의 방을 나와 나는
바깥을 거닌다, 바깥;
누군가 늘 나를 보고 있다는 생각 때문에
사람들을 피해 다니는 버릇이 언제부터 생겼는지 모르
겠다
옷걸이에서 떨어지는 옷처럼
그 자리에서 그만 허물어져버리고 싶은 생;

뚱뚱한 가죽부대에 담긴 내가, 어색해서, 견딜 수 없다
글쎄, 슬픔처럼 상스러운 것이 또 있을까

그러므로, 어느 날 나는 흐린 酒店에 혼자 앉아 있을 것
이다
완전히 늙어서 편안해진 가죽부대를 걸치고
등 뒤로 시끄러운 잡담을 담담하게 들어주면서
먼 눈으로 술잔의 수위만을 아깝게 바라볼 것이다

문제는 그런 아름다운 폐인을 내 자신이 견딜 수 있는
가, 이리라

―황지우 「어느 날 나는 흐린 酒店에 앉아 있을 거다」 전문

나는 나의 "아름다운 폐인"을 견딜 수 있을까. '빨간딱지' 대신 '진로이즈백'을 마셔 취기가 조금 부족했지만 돌아와 일곱 시간을 푹 잤다. 오늘부터는 일찍 자고 일찍 일어나는 "새나라의 어린이"가 되어야겠다. 서재에서 베란다로 나오니 창밖에 장맛비가 요란스레 쏟아지고 있다.

하찮음 속에 장엄함이 있다

이틀간의 분주한 일정을 마치고 먹실골로 돌아왔다. 차를 몰고 들어오다 집필실 입구 언덕에서 일을 하고 계시는 할아버지와 마주친다. 마치 몇 년 만에 다시 만난 것처럼 반가워하신다. 흰둥이도 옆에서 꼬리를 친다. 할아버지께 여쭈니 물까치 새끼들도 붉은머리오목눈이 새끼들도 무럭무럭 잘 자라고 있단다. 붉은머리오목눈이들은 이제 제법 커서 할아버지가 가까이 가면 작은 둥지 안으로 몸을 잽싸게 누이는데, 위장술이 얼마나 좋은지 마치 둥지 안에 낙엽이 몇 장 떨어져 있는 것처럼 보인다고 한다. 그렇게 움직이지 않고 있으면 그것이 작은 새의 새끼들임을 도무지 알 수 없을 정도라 한다.

오두막의 적요 속에 빨리 들고 싶어 라면으로 점심을 간단히 때운다. 숲속엔 물안개가 자욱하고 집필실 앞마당엔 보슬비가 내리고 있다. 거대한 느티나무는 바람을 품고 작은 섬처럼 술렁거린다. 그 품속의 인피니튜드에 드니 며칠

만에 다시 고요가 몰려온다. 다음 원고를 위해 책을 읽다 보니 조각가 최종태의 인터뷰가 나온다. “한국의 대표적인 성상 조각가”인 그는 종교와 예술 사이의 관계를 이렇게 설명한다. “종교가 예술을 지배할 때 예술은 쇠퇴했고, 예술이 종교를 벗어날 때 예술은 공허해졌어요. 종교와 예술은 한 뿌리에서 나왔다고 생각합니다.” 마지막 문장을 나는 이렇게 다시 쓴다. ‘모든 예술은 신성을 향해 있다.’ 그러나 예술은 처음부터 바로 신성으로 넘어가지 않는다. 그것은 저 밑바닥의 상처와 절망과 고통의 정거장을 모두 통과해야 한다. 그것은 모든 예술의 회피할 수 없는 출발점이다. 신성은 말하자면 마지막 정거장이다. 지상의 고통이 존재를 거의 파열시킬 무렵, 신성은 멀리서 희미하게 동터온다. 그리하여 진정한 예술가들이 도달한 신성에는 밑바닥의 상처들이 아프게 얼룩져 있다. 우리는 그것을 때로 ‘숭고미’라 부른다. 예술은 이처럼 하찮게 보이는 것들 안에서 ‘장엄함’을 발견한다.

간단히 점심을 때워서인지 허기가 몰려온다. 감자호박전을 부쳐 할아버지께 한 접시 가져다드리고 나도 남은 한 접시를 먹는다. 할아버지 집 앞에는 눈향나무가 땅바닥을 기다가 장식용으로 놓은 커다란 돌덩이 위로 조금씩 기어오르고 있다. 공중에 곧추선 향나무와 달리 눈향나무는 밑바닥을 기어 다닌다. 하지만 눈향나무의 잎새는 향나무 잎새처럼 날카로움을 뽐내지 않는다. 바닥을 기면서 눈향나무의 이파리는 면섬유처럼 부드러워진다. 그러나 오체투지의 나무여, 부디 쓰러지지는 말아라.

무르익는 계절

문예지 ◇의 '계간 평' 원고 35매를 탈고해 보냈다. 미안한 이야기이지만, 많은 작가가 문학을 무슨 고상한 취미 정도로 대하며 글을 쓴다. 그러나 지성과 새로움이 없는 글은 문학이 아니다. 그래도 네 편 정도의 수작을 만난 건 다행이다. 좋은 작품은 앞 세대의 '전통'을 완성의 목표로 따르지 않고, 그것을 '극복'의 대상으로 삼는다. 엘리엇의 말대로 '전통'이 없이 '개인적 재능'이란 없다. 이 '상호텍스트성'을 무시할 수는 없다. 그러나 모든 예술의 가장 큰 적은 '반복'이다. 좋은 작가, 좋은 텍스트는 하나로 족하다. 예술가들은 '고갈된 형식'의 사막에서 새로운 형식을 끊임없이 찾아낸다. 훌륭한 예술작품들은 이러한 '분투'의 긴장감으로 팽팽하다. 이곳저곳 기웃거리며 문단을 무슨 고급 사교장 정도로 생각하는 '살롱 작가'들에게 예술은 없다. 예술은 골방에서 밤새워 책과 씨름하고, 앞 세대의 전통과 마주치며, 그것과의 고독하고도 치열한 싸움을 하는 자들에게만 주어진다.

여름은 생명성을 극한으로 밀고 가는 계절이다. 호두알은 점점 더 커지고, 무성한 잎새 사이로 옥수수가 익어간다. 집필실 데크 앞의 사과나무는 점점 커지는 사과 알들의 무게를 이기지 못해 쓰러진다. 꽃 진 자리에 뒤늦게 대추가 달리기 시작하고, 화분의 거미바위솔은 시루에 가득 찬 초록 떡처럼 부풀어 오른다. 그 위에 피는 분홍색의 꽃은 초록 잔치의 웃고명처럼 화려하다. 어미들이 목숨을 걸고 키우던 물까치 새끼들은 이제 둥지를 뜰 때가 다 되었고, 열차처럼 줄줄이 매달린 방울토마토는 초록에서 빨강으로 역을 계속 갈아탄다. 키가 클 대로 다 큰 비닐하우스의 고추는 아래부터 붉게 익어가기 시작한다. 송엽국은 보라색 꽃들을 가득 뿜어 올리고, 채송화들은 더 이상 피울 꽃들이 없다는 듯 아우성이다.

순간들은 다시 돌아오지 않는다

텃밭에서 따온 가지를 볶고, 감자계란국을 끓여 K와 아침밥을 먹었다. 어제에 이어 집필실 데크 보수공사를 다시 시작했다. 중간에 가랑비가 오락가락했고, 비가 그치거나 내리거나 상관없이 작업을 계속했다. 몸을 많이 움직여서 그런지 떨어지는 빗방울이 상쾌하고 시원하다. 날것이 날것을 만날 때, 레비스트로스Lévi-Strauss의 '야생의 정신Savage mind'이 살아난다. 옷을 입지 않은 '자연' 속으로 들어가 그것의 일부가 되는 느낌이라고나 할까. 쾌감과 해방감이 갑갑한 영혼의 문을 삐죽 연다. 그것은 비록 '나'를 이루고 있는 수많은 문 중의 하나가 열리는 것이지만, 내 정신의 방 안을 시원하게 만든다.

오늘은 작업 중 뽕짝을 크게 틀어놓는다든가, 그것을 따라 부른다든가 하는 짓을 일절 하지 않았다. 자고로 조수가 할 일은 오직 장인의 명령에 복종하는 것이니까. 그것을 눈치챘는지 일을 하다 말고 K가 묻는다. "오늘은 왜 노래를 안

부르세요?" 내가 "부르지 말라며"라고 퉁명스레 대답하니, K가 씨익 웃으면서도 하고 싶은 대로 하라는 말은 끝내 안 한다. 어제 내 노래가 완전히 '소음'이었던 것이 분명해졌다. 작업 중 내가 빗물에 미끄러져 한번 자빠졌더니 K가 웃음을 참느라 죽으려 한다. 오후 두 시경 작업을 끝냈다. 새로 교체한 상판과 기존의 상판이 색깔이 서로 다른데, 그것이 나름 기하학적인 문양처럼 보기 좋다. K의 제안에 따라 자동 셔터 기능이 있는 그의 카메라로 기념사진을 찍었다. 사진을 보니 '난닝구'와 검은 수영복 바지를 입은 채 비에 흠씬 젖은 한 '어리바리'와 노련한 대목이 나란히 서서 웃고 있다. 희한한 조합이다.

인피니튜드에 올라가 저녁 내내 모리스 블랑쇼M.Blanchot를 읽는다. 열어놓은 창문으로 빗소리가 요란하다. 자세히 들어보면 빗소리는 단 한 순간도 같지 않다. 비는 바람과 분량과 그것이 떨어지는 사물의 각도에 따라 시시각각 다른 소리를 낸다. 이 순간, 순간들은 다시는 돌아오지 않는다. 빗방울은 계속해서 과거 속으로 사라진다. '나'는 계속 이어지는 미래의 열차 칸에 앉아 스쳐 가는 과거를 읽고 있다.

블랑쇼의 글이 그 악명 높은 난해성에도 불구하고 오랜 영향력을 행사하고 있는 것은, 그의 사유가 항상 사물의 중층성을 향해 있기 때문이다. 가령 그는 장-자크 루소J.-J.Rousseau의 '은둔'에 관해 이야기하면서 "사교계로부터의 사교적 도망" 혹은 "단절을 통한 소통의 구속"이라는 표현을 사용하는데, 이런 구절이야말로 '블랑쇼적인 것'의 속성을 잘 보여준다. 세계는 손쉬운 이분법이나 양자택일의 논리로 해명이 되지 않는다. 그러므로 사교계로부터 도망치는 행위가 "사교적"일 수 있고, "단절"이 다른 방식의 "소통"을 위한 것이라는 논리가 가능해진다. 블랑쇼는 이렇게 세계의 배리背理 속으로 깊이 들어가 그것을 끄집어낸다. 그것은 "공허한 충일", "존재의 비존재" 같은 모순적 기호로 표현된다. 그의 글은 난해하지만(세계가 난해하므로!) 사유와 상상력을 끊임없이 자극한다. 그래서 나는 블랑쇼를 가까이 두고 틈이 나는 대로 반복해서 읽는다. 한국 사회는 존재의 배리를 인정하지 않는다. 단순성의 칼날이 존재를 이쪽 아니면 저쪽으로 마구 가른다. 나는 이것을 '무지'라고 부르고 싶지 않다. 이것은 정신의 '나태'다.

잭슨 폴록을 읽다

식구들이 떠나 적막강산 같은 먹실골에 저녁 내내 비가 내린다. 늦은 밤 잭슨 폴록의 도록을 본다. 그것이 설명 불가능한 것을 설명할 수 있는 유일한 방법인 양, 그는 캔버스에 물감을 쏟아붓고, 흘리고, 뿌려댄다. 그의 그림의 선과 빛과 색들은 그가 평생 시달렸던 신경증의 복잡한 회로 같다. 아버지의 부재와 어머니에 대한 뿌리 깊은 애증은 그를 평생 그 어느 곳에도 안주할 수 없게 만들었다. 그는 어머니를 얼마나 혐오했는지 "붙박이 무덤이 있는 늙은 자궁(An old womb with a built-in tomb)"이라 불렀다. 그의 세계의 결정적인 전환점이 되었던 거대한 작품인 〈벽화Mural〉를 그는 단 15시간 만에 미친 듯이 몰입하여 완성했다. 도록엔 마감일을 불과 하루 앞두고 텅 빈 캔버스 앞에 팔을 늘어뜨린 채 서 있는 폴록의 사진이 나온다. 설렘과 절망과 불안에 휩싸인, 그러나 무엇이고 뛰어넘을 기백에 심정이 벌렁거렸을 한 예술가의 "외롭고 높고 쓸쓸한" 실루엣. 알코올 중독자였던 그는 만취

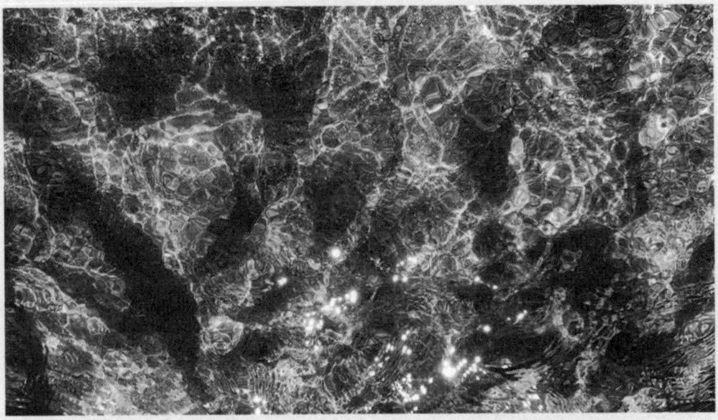

상태에서 운전을 하다가 나무를 들이받고 숨졌다. 그의 나이 44세였다. 그에게 가장 큰 영향을 주었고 동시에 가장 큰 '장애물'이었던 화가는 다름 아닌 피카소였다. 한창 피카소와 씨름할 때, 그는 피카소의 도록을 마룻바닥에 내던지며 소리를 질렀다. "제기랄, 이 친구는 아무것도 놓친 게 없네." 예술가에게 있어서 이런 "친구"를 만나는 것은 행운이다.

여름이 깊어지니 그 안에서 이미 시작되고 있는 가을을 느낀다. 우아한 자태를 자랑하던 우단동자는 꽃을 거의 다 버리고 벌써 씨앗을 맺고 있다. 사과는 하루가 다르게 초록에서 빨강으로 화장을 바꾸고 있다. 집필실 데크 옆의 해당화도 분홍 꽃들이 진 자리에 주황색 알들을 무럭무럭 키우고 있다. 인피니튜드 아래에는 주황색 바탕에 검은 주근깨를 흩뿌린 참나리꽃들이 한창 피어나고 있다. 한낮에 소강상태의 장마를 틈타 잠깐 얼굴을 내민 하늘은 맑고 푸르고 높다. 푸른 바다 위를 빛나는 흰 구름이 둥둥 떠간다. 바람은 더운 공기 속에 이미 서늘한 입김을 불어넣기 시작한다. 반려견 꼬맹이는 이러거나 저러거나 태평세월이다. 수시로 발라당 누워 코를 골고 잔다. 저 무념의 세계가 부럽다. 알고 보면 저런 '무념'은 자신도 모르게 하고 있는 '순응'이다. 그것을 '자연'이라 부른다. '자연'을 거스르는 존재는 인간밖에 없다.

'클래식'한 하루

목숨을 걸고 둥지를 지키던 물까치 새끼 일곱 마리가 무사히 성장해 모두 둥지를 떠났다. 텅 빈 둥지에 가까이 다가가도 이제 마구 덤벼드는 물까치들이 없다. 할아버지 현관 옆에 둥지를 틀었던 붉은머리오목눈이 새끼 세 마리도 잘 커서 날아갔다(두 마리인 줄 알았는데 세 마리였다). 새들에게 둥지는 새끼를 다 키우고 나면 무용지물이 된다. 그러면 미련 없이 둥지를 버린다. 밤이 늦은 이 시간, 집 떠난 새들은 숲속의 가지에 앉아 꾸벅꾸벅 졸고 있을까. 처음으로 공중을 난 새끼 새들에게 이 숲속은 얼마나 광활하고 신비하고 위험스러운 우주일까. 어미 새들은 세대교체의 시간 속에서 점점 더 늙어갈 것이다. 나와 대화할 때 할아버지는 '어미 새들'이라는 말 대신 '새들 내외'라는 표현을 쓴다. 그 표현이 훨씬 더 정확하면서도 참으로 정겹다. 언어는 발화 주체의 캐릭터를 보여주는 민감한 지표다.

잎새와 영원히 작별한 상사화 꽃도 여러 송이가 함께

모여 있으니 외로워 보이지 않는다. 그것들은 서로 어깨를 마주 대며 사람들이 임의로 갖다 붙인 '외로움'의 기의를 지운다. "웃기지들 마세요. 우린 아무렇지도 않아요"라고 말하며 웃고 있는 것 같다. 그러나 '사람'인 내 눈에는 저 화사한 분홍 꽃들도 고독을 이기는 방법을 아는 것 같다. "태초에 관계가 있었다."(마틴 부버M.Buber)

다음 원고 집필이 눈앞에 다가오니 또 딴짓이 늘었다. 오늘은 인피니튜드에서 하루 내내 경전과 진회숙의 『클래식 오디세이』를 읽었다. 진회숙은 음악평론가로 고전음악의 대중화 작업이라고 할 수 있는 여러 권의 책을 집필했다. 이 책도 그중의 하나인데 부제가 '클래식 음악과 함께하는 문화여행'이다. 중구난방으로 클래식을 들어온 나 같은 사람에게는 고전에 얽힌 사회·문화사적 의미와 함께 고전을 이해할 수 있으니 큰 도움이 되는 책이다. 슈베르트의 가곡 〈음악에 부쳐〉, 바흐의 〈마테수난곡〉 중 아리아 '나의 하나님, 눈물로서 기도하는 나를 불쌍히 여기소서Erbarme dich, mein Gott'('베드로의 아리아'라 불리기도 한다), 차이콥스키의 오페라 〈예브게니 오네긴〉 중 '내 황금 같은 젊은 날은 어디로 갔는가Kuda, kuda vy udalilis'('렌스키의 아리아'라 불리기도 한다) 등에 얽힌 흥미로운 이야기들을 읽고 나서 해당 음악을 찾아 들으니 나 같은 초보에게는 그저 멜로디로만 감상하던 것과는 전혀 다른 깊이로 음악이 다가온다. 차이콥스키의 〈예브게니 오네긴〉은 푸시킨의 동명의 운문소설을 오페라로 다시 쓴 것이다. 이 작품에서 렌스키는 자신의 약혼녀 올가를 유혹하는 오네긴과 눈 덮인 들판에서 결투를 하다가 죽는다. 이 책에 의하면 푸시킨은 1828년경 오네긴의 결투 장면을 집필했는데, 그로부터 9년이 지난 후에 정작 자신도 아내 나탈리아에 대해 염문설을 뿌리고 다니는 인간과 결투를 하다 죽는다. 서른여덟의 젊은 나이였다. '베드로의 아리아'와 '렌스키의 아리아'는 그야말로 '눈물 없이' 듣기 힘든 음악인데, 막상 듣고 나면 의외로 큰 위로를 준다. 타자의 비극은 다른 비극을 겪은 사람들에게 일정한 치유 효과가 있다. '당신만 아픈 게 아니'라는 메시지를 전해주기 때문이다. 아리스토텔레스가 『시학』에서 말한 바, 비극작품이 가지고 있는 '카타르시스'의 효과가 이런 것이다. 내러티브를 가지고 있는 예술작품의 힘이다. 진회숙은 이 책 외에도 영화와 문학, 미술작품 등을 연결해 클래식을 설명하는 여러 권의 책을 내었다. 나머지 책들도 구입하여 하나하나 읽고, 하나하나 찾아 들을 생각을 하니 벌써 영혼이 살찌는 기분이다.

***

나이를 먹을수록 관계의 외연을 넓히는 일에 대해 회의가 생긴다. 정현종 시인의 말대로 "사랑할 시간이 많지 않다." 사랑하는 사람들과 서로 잘 지내기에도 시간이 턱없이 부족하다. 앞에서 웃고 뒤에 가서 슬쩍 비열한 칼을 꽂는 '불여우'들이 얼마나 많은가. 문제는 그 풍경이 다 노출되어 있다는 것을 본인들이 전혀 모른다는 거다. 다 보인다. 다시 정현종의 시구詩句대로 "숨어도 가난한 옷자락 보이도다." 기면 기고 아니면 아닌 사람이 좋다. 그런 사람은 마치 빙어처럼 가리는 게 없으므로. 불여우 잡으려다 그나마 있는 초가삼간 다 태운다. 초가삼간에서 무심無心의 평화를 심는 게 낫다. 다시 책 속으로 든다.

생계 너머의 생계

K네 현관 입구에 설악초가 만발했다. 한여름의 화단에 이름 그대로 흰 눈을 잔뜩 뿌려놓은 것 같다. 자세히 들여다보면 가뜩이나 눈처럼 흰 잎새 사이사이에 아주 작은 흰 꽃들까지 눈가루처럼 가세하여 바야흐로 '눈사태'를 이룬다. 현관문 왼쪽 입구에는 꽃양귀비 같기도 하고 코스모스 같기도 한 꽃들이 줄을 서서 '하늘하늘' 거린다. 이름을 알아보니 황화코스모스(노랑코스모스)라 한다. 참 이쁘다.

집필실 앞의 정원 이곳저곳에서 상사화가 서로 앞다투어 피어나고 있다. 오늘 자세히 들여다보니 하나의 꽃대궁에 여러 개의 꽃이 우산처럼 달려있다. 식물학자들은 이런 형태의 꽃을 '산형傘形 꽃차례'라고 부른다. 실제의 상사화는 사람들이 붙여준 이름처럼 그렇게 외롭거나 불쌍하지 않다. 마치 시니피앙과 시니피에가 따로 노는 모습이라고나 할까. 언어는 존재를 온전히 재현할 수 없다. 기호가 존재를 규정하는 순간 존재는 기호의 손가락 사이로 빠져나간다. 사물을 의인화해서 읽어내는 시들이 많은데, 그런 기법을 사용할 때 조심할 필요가 있다. 러스킨J.Ruskin이 『근대 화가론*Modern Painters*』에서 "감상적 오류"라는 용어를 사용해 지적한 대로 '감상주의'에 빠질 수 있기 때문이다. 꽃들은 인간의 주관적 해석과 전혀 관계없는 자신들만의 고유한 세계를 가지고 있다.

상사화 곁에 바짝 붙어서 더는 붉을 수 없이 붉어진 백일홍이 다정히 피어있다. 그 너머에서 진분홍의 털여뀌가 고고한 자세로 하늘거린다. 인피니튜드로 올라가니 할아버지께서 앞마당에 심어놓으신 섬백리향, 두 그루의 맥문동, 사계국화, 겹채송화가 장맛비에 불쑥 자라있다. 멀리서 보니 네 그루의 꽃들이 합체하여 마치 날개를 펼친 초록 새의 뒷모습을 하고 있다. 금방이라도 인피니튜드 위로 날아오를 것 같다. 가까이 들여다보면, 섬백리향은 옅은 보라의 작은 별들을 무수히 달고 있고, 맥문동은 난처럼 푸르게 뻗은 잎새 사이로 더 진한 보라의 꽃들을 밀어 올리고 있다.

꽃의 쓰임새는 예술의 쓰임새와 유사하다. 그것은 생계 너머에 있는 생계다. 꽃과 예술의 '아름다움'은 신이 인간에게 보너스로 준 선물이다. '선물' 자체는 생계와 무관하지만, 생계 이상으로 삶을 풍요롭게 해준다.

지난 육 년간 내 애인이었던 빨간딱지와 얼마 전 작별했다. 그동안 그것으로 사랑하는 술친구들을 너무 혹사했다. 미안해. 그렇다고 술을 끊은 것은 아니고, 피아彼我를 위해

‘진로이즈백’으로 갈아탔다. 확실히 타격이 덜하다. 어젯밤에도 K와 빨간딱지가 아닌 진로이즈백을 마셨다. 우리 둘이 쓰러뜨린 병 수를 말하면 아마 사람들이 놀라 자빠질 것이다. 그렇지만 덕분에 요 며칠간 내 정신을 어지럽히던 것들을 정말이지 말끔히 소독하고 세척했다. 새벽까지 호방하게 마시고, 젓가락을 두드리며 노래를 불렀다. 점심때가 다 되어 일어났는데 숙취도 없고 몸도 가뿐하다. 중간에 K로부터 복싱의 기본자세까지 배웠다. 한 번도 배워본 적이 없는 복싱의 원, 투, 쓰리를 K가 가르쳐주는 대로 시연했더니 K가 나를 비행기 태운다. “와아, 교수님, 복서로 나갔어도 뭔가 끝장을 봤을 것 같은데요.” 거짓말인 줄 다 안다. 이렇게 해서라도 내 기분을 전환해주려고 부러 그러는 것이다. 나는 할아버지가 교장이신 ‘환대 학교’의 꼴찌 학생이다.

나는 이제 무엇을 기다릴까

먹실골에 털여뀌가 한창이다. 줄기에 털이 많아서 붙여진 이름이다. 털여뀌는 여뀌과 중에서도 키가 가장 커서 금방 눈에 띈다. 원래 여뀌는 이보다 키가 훨씬 작고 주로 개울, 도랑, 하천가에서 많이 자란다. 할아버지가 어렸을 때는 여뀌꽃으로 물고기를 많이 잡았단다. 여뀌꽃의 약한 독성을 이용한 것이다. 여뀌꽃을 빻아 진흙과 함께 자루에 넣어 고여있는 개울물에 풀면, 물고기들이 일시적으로 기절을 해 흰 배를 드러내고 둥둥 떠올랐단다. 그러나 조금만 지나면 금방 물고기들이 되살아났기 때문에, 그것들을 서둘러 광주리에 담느라고 야단법석이 나곤 했다고 한다. 붕어나 버들치 같은 것을 잡는 아주 손쉬운 방법이었다고 한다. 먹을 것이 없던 아이들이 물가에 돌을 쌓고 되는대로 불을 붙여 매운탕을 끓여 먹곤 했단다. 할아버지가 이런 말씀을 하시는 동안 어디서 자갈 같은 웃음소리를 내며 떠드는 아이들 소리가 들려온다. 아이들은 하나같이 삐쩍 말랐으며 햇볕에 새카맣게 탄 얼굴들이다. 머리를 빡빡 깎고 이빨만 하얗게 빛나는 어린 '아버지들'이 개울가에 웅크리고 앉아 깔깔거리며 매운탕을 떠먹는다. 그들은 얼마 되지 않아 전쟁을 겪었고, 더러 죽었고, 더러 부모를 잃었다. 살아남은 자들이 폐허 속에서 주렁주렁 매달린 자식들을 키웠다. 아, 아버지.

할아버지는 팔목의 통증 치료 때문에 일찍 퇴근하셨다. 해 질 무렵 아무도 없는 먹실골을 혼자 산책한다. 연못의 수련들은 잎사귀가 웬만한 우산 크기로 자랐다. 커다란 초록 우산들이 연못을 가득 뒤덮고 있다. 그 아래 장마 덕분에 수량이 더욱 늘어난 작은 폭포가 요란한 소리를 내며 물을 뿜어댄다. 인피니튜드에 올라가니 석양이 지고 있다. 자연은 빛에 따라 매일 다른 풍경을 보여준다. 고즈넉한 느티나무 가지 사이로 오늘따라 고요가 깊다. 할아버지를 보내고 내일 아침까지 기다림의 시간을 보내야 하는 흰둥이가 서럽게 운다. 나는 이제 무엇을 기다릴까. 나는 아직 사랑할 것이 많이 남아서 저 적막과 정신의 은둔을 더 견뎌야 한다. 센티함과 이성 사이에서 매일 줄타기하는 나의 어깨를 보이지 않는 누군가가 가만히 안는다. 따듯하다.

8월

푸른 안개에 잠긴 숲이여
우리가 불타는 별처럼
언젠가 사라질지라도
지상에서의
이 즐거운 유숙을 기억하라
— 오민석 「즐거운 유숙留宿」

사랑의 다리

온종일 비가 내리니 정신의 사소한 먼지들까지 차분히 가라앉는다. 오전 내내 나폴리 민요를 들었고, 오후엔 론 하워드R.Howard 감독의 영화 〈파바로티〉를 보았다. 파바로티는 오페라 가수답게 노래뿐만 아니라 연기에도 아주 능하다. 자코모 푸치니의 오페라 〈투란도트〉에 나오는 아리아 '공주는 잠 못 이루고Nessun dorma'의 가사가 참 인상적이다. "가거라, 밤이여. 사라져라 별들이여. 사라져라 별들이여. 새벽이 오면 내가 승리하리라. 내가 승리하리라"를 부를 때, 파바로티는 숙명을 넘어서려는 한 인간의 결기를 목소리와 표정으로 처연하게 재현한다. 그럼에도 불구하고 그는 췌장암에 걸려 재혼한 지 얼마 안 된 젊은 아내와 어린 딸을 두고 세상을 뜬다. 승리의 결기는 예정된 패배 앞에서 더욱 숭고하게 빛난다.

K가 직접 만들어 어젯밤 가져다준 옥수수 수염차 두 병을 다 마신다. 간식으로 텃밭에서 따온 대추방울토마토를

먹는다. 끝없이 내리는 빗물을 견디다 못해 숲이 물안개를 가득 피워낸다. 안개는 날카로운 경계를 지우는 평화의 망토 같다. 안개에 덮인 풍경 속에는 경쟁도 싸움도 없는 것처럼 보인다. 그 푸근함 속에서 들리는 소리는 '괜찮다'는 위로와 휴식의 문장.

온종일 도망을 다니다가 밤이 되자 전날 쓰던 원고에 꼼짝없이 붙잡힌다. 또 잊은 거다. 글을 쓸 때 영혼의 에너지가 폭발하고, 내가 비로소 진정한 평안에 들 수 있음을. 평안은 그 안에 들어선 후에야 인지된다. 지겹도록 가기 싫은 고향에 돌아가서야 비로소 고향의 안식을 알게 되듯이.

집필실 주변은 줄지어 피고 있는 상사화로 화사하다. 철마다 세상의 주인 노릇을 하는 꽃들이 계속 바뀐다. 느티나무 아래에도 안개가 자욱하다. 점점 알이 커지며 익어가는 사과나무가 집필실 데크 앞에서 시원하게 샤워를 한다. K 부부는 보양식을 잔뜩 싸 들고 수도권에 흩어져 사는 세 아들을 하나하나 방문 중이다. 늦은 밤, 궁금하여 전화해보니 마지막 도착지인 첫째 아들의 집에 가 있다. 사랑의 다리는 자주 건너다녀야 한다.

사랑의 일상

시 전문 계간지 △에 보낼 60매짜리 원고를 드디어 끝냈다. 중간에 딴짓하느라 『공통체』를 읽다가 이런 문장들을 만났다.

> 사랑은 철학적 의미에서도 생산적이다. 즉 존재를 생산한다. 우리가 사랑에, 다름 아닌 주체성의 생산에 관여할 때, 우리는 단지 세계 안에 새로운 객체들을 창조하는 것이 아니며, 심지어 새로운 주체들을 창조하기만 하는 것도 아니다. 우리는 새로운 세계 자체를, 새로운 사회적 삶을 생산한다. 바꾸어 말하자면, 존재는 그것을 뒤에 두고 삶이 진행되는 어떤 불변의 배경이 아니라 살아 있는 관계이며, 우리는 부단히 그 관계에 개입할 힘을 가지고 있다. 사랑은 이미 존재하는 것과의 단절과 새로운 것의 창조를 나타낸다는 점에서 존재론적 사건이다. 존재는 사랑에 의해서 구성된다.

나의 지속적인 관심사 중의 하나는 '사랑'을 어떻게 사유의 중심에 가져다 놓는가이고, 그것을 어떻게 사회 이론으로 발전시키느냐다. 이런 생각에 도움이 되는 걸출한 철학자와 문학 이론가들이 있는 것은 참 다행이다. 레비나스, 이글턴, 바르트, 부버 같은 논자들이 그들이다. 네그리와 하트의 책에서도 이런 생각을 만나니 반갑다. 역시 사유의 넓고 깊은 품이 있는 이론가들이다. 레비나스와 이글턴에 대해서는 두어 편의 논문을 오래전에 발표했다. 좋은 책의 저자들은 자신들의 생각을 독자들의 정신 안에 내면화시키고 그들을 변화시킨다.

온종일 비가 내린다. 할아버지께서 빗속을 뚫고 첫 수확을 한 옥수수를 잔뜩 가져다주신다. 집필실 식탁 위의 간식들은 모두 할아버지의 노동의 산물이다. 책을 읽고 글을 쓰다 오가며 감자와 대추토마토와 옥수수를 도둑 다람쥐처럼 주워 먹는다. 낮에 K가 전화를 한다. "교수님, 커피 안 드셨죠? 끓여드릴까요?" "아, 네. 어서 오세요. 차 한잔해요." "벌써 반쯤 올라가고 있는 중이에요." 집필실에 도착한 K가 커피를 내린다. 귀찮고 서툴러서 내가 내 손으로 커피를 좀체 내려 마시지 않는 것을 K는 잘 알고 있다. 그렇다고 해서 정말 커피를 대신 끓여주기 위해 일부러 오는 것은 아니고, 핑계 삼아 하는 말이다. K가 오늘 먹실골 주민들로부터 받은 '감사패'를 보여준다. K는 인피니튜드를 짓는 동안 일종의 재능기부로 틈틈이 시간을 내어 마을 입구의 성황당을 지어

주었다. 이 외딴 시골 마을에서 성황당은 이제 종교가 아니라 그냥 이어져 내려온 문화일뿐이다. 마을회관에서 감사패 수여식을 했는데 플래카드를 걸고 군수까지 와서 “쪽팔려 죽는 줄 알았다”라고 K가 너스레를 떤다. 어떤 가수가 부른 유행가의 한 구절이 떠오른다. “사랑 없인 난 못 살아요.”

모처럼의 외출

먹실골 촌사람은 어제 모처럼 도시에 나와 이발을 하고, 닭곰탕을 한 그릇 사 먹은 후 아파트 단지 안으로 천천히 걸어 돌아온다. 무섭게 내리던 비도 그치고, 단지 안에 오가는 사람들은 전부 마스크를 착용하고 있다. 정말이지 너무나 생소한 풍경이다. 사람들은 벌써 이런 생활에 익숙해졌지만, 따지고 보면 얼마 전만 해도 이런 장면은 재난 영화에서나 볼 수 있는 모습이었다. 저 모습은 코로나-19 시대의 새로운 도래를 보여준다. 이제 골방 혹은 동굴에 갇힌 모든 사유는 끝장이 났다. 근대적 개인주의는 종말을 고했다. 전 지구인들이 공동의 운명 앞에 노출되었다. 이제 아무도 '바깥에 대한 사유'를 하지 않을 수가 없는 시대가 되었다. 먼 고대로부터 수많은 철학자가 '바깥을 사유하라!'고 주장했지만 사람들은 그것에 귀 기울이지 않았다. 코로나-19는 죽음의 흉기를 들이대며 사람들을 바깥으로 끌어내었다. 사람들은 이제야 '공통적인 것'에 대한 사유를 하기 시작한다. 이미 돌이킬 수 없이 너무 늦은 것이 아니기를 간절히 바란다. 자본의 동력과 속성은 '개발'에 있고, 개발은 근본적으로 반자연적이다. 자연은 무제한의 착취를 절대 인내하지 않는다. 자연이 자본-기계의 폭주에 제동을 걸기 시작했다. 자본의 노예들이 이제 정신 차릴 때가 되었다.

저녁에는 '용인문화원'에 강연을 나갔다. 강연의 제목은 〈장르 너머의 장르, 밥 딜런〉이다. 송해 선생님 평전 『나는 딴따라다』에 이어 내가 쓴 두 번째 대중문화 연구서인 『밥 딜런, 그의 나라에는 누가 사는가』를 중심으로 독자들과 이야기를 나눈다. 청중들은 다행히도 밥 딜런을 경험한, '연식'이 좀 있는 분들이다. 밥 딜런 강의는 그동안 이곳저곳에서 여러 번 했는데, 딜런의 음악을 함께 들으며 두런두런 이야기를 나누니 관객들이 지루해하지 않아서 좋다. 미국에서는 '딜런학Dylanology'이라는 용어가 나온 지 이미 오래되었고, 2016년 딜런이 노벨문학상을 받기 십 년 전에, 이미 깨알 같은 글자의 756쪽에 달하는 『밥 딜런 백과사전*The Bob Dylan Encyclopedia*』도 출판되었다.

다시 먹실골로

오래 먹실골에 머물다 나와 시내에 가기 위해 전철을 타니 코로나 전쟁이 생생하게 느껴진다. 사람들과의 거리가 가까워질수록 은근히 불안과 긴장이 더 몰려온다. 재난 영화가 이미 현실이 된 공간에서 나는 겨우 마스크 안에 나를 숨기고 수많은 잠재적 바이러스들을 뚫고 지나간다. 타자들과 최대한 거리를 두면서 그들과 '공통'의 문제를 해결해야 하는 이 엄청난 아이러니가 당혹스럽다. 수십 미터 지하를 달리는 차에 앉아 착잡한 마음으로 본회퍼D.Bonhoeffer 목사의 『본회퍼와 함께 하는 일 년*A Year With Dietrich Bonhoeffer*』을 읽는다. "자유는 내가 소유물로 컨트롤할 수 없는 어떤 것이다. 간단히 말해 그것은 타자를 통하여 나에게 일어날 수 있는 사건, 경험이다." 이 문장에서 본회퍼가 말하는 타자는 물론 '하나님'이다. 독일의 '고백 교회' 운동을 이끌었던 본회퍼는 히틀러 암살 혐의로 체포되었다가, 1945년 4월 9일, 히틀러의 죽음을 불과 21일 앞두고 나치에 의해 처형당한다. 그의 나이 고작 39세였다. 인간이 “컨트롤할 수 없는” 어떤 “자유”의 영역에 대해 생각해본다. 신학은 마지막 층위의 학문이다. 신학은 수많은 ‘판단 유보’ 혹은 ‘판단 유예’를 전제로 하는 거의 유일한 학문이다.

새벽에 일어나니 비가 많이 온다. 이제 3박 4일의 외출을 마치고 그리운 먹실골로 돌아간다. 페이스북이 5년 전 오늘 캐나다의 어느 캠핑장에 있던 나를 소환한다. 반갑다, 나의 또 다른 나여.

위버멘쉬!

드디어 먹실골로 돌아왔다. 먹실골에 거의 다 와 국도 연변의 한가한 음식점에서 두부전골에 혼자 점심을 먹는다. K와 함께 먹으려니 전화를 받지 않는다. 두붓집 옆 뜰에 폭풍우를 이겨낸 꽃들이 만발하다. 푸른 명주 색의 도라지꽃이 붉은 백일홍과 간밤의 폭우에 대하여 엄살을 섞어가며 이야기를 나눈다. 설악초도 폭우를 잘 이겨내고 의연하게 줄지어 서 있다. 방울토마토도 그 무지막지한 비의 급습을 다 견뎌내고 주렁주렁 매달려 있다. 툇마루 지붕엔 봉지에 싸인 포도들이 무럭무럭 익어가고 있다. 먹실골 입구에 있는 K의 집에 들렀다. 점심때가 훨씬 지난 시간인데 K가 그제야 지친 모습으로 잠자리에서 일어난다. 얼굴이 푸석푸석한 것을 보니 어제도 진하게 마셨나 보다. 사정을 물어보니 어제 K의 친구가 뇌종양으로 세상을 떴단다. 그가 며칠 전 K에게 전화를 해서 "나 이제 죽을 것 같아"라고 하더란다. 그러나 이렇게 빨리 떠날 줄 몰랐다며 K가 침통해 한다. 소방관이

본업인 후배 목수를 사고로 잃은 지 얼마 안 되었는데, 또 이런 일이 벌어졌다. 도처에 죽음이 널려 있다.

K와 옥수수 수염차를 나누고 먹실길을 따라 올라오니 언제 폭우가 왔냐는 듯 숲은 더 싱싱해졌다. 나무들의 푸르고 선선한 입김이 열린 차창으로 훅훅 들어온다. 며칠 전 내가 먹실골을 나오던 날 무서운 흙탕물로 가득 찼던 계곡의 폭포는 맑고 힘찬 소리를 내며 시원하게 흐른다. 할아버지께 마치 외출 갔다 돌아온 신병처럼 보고를 한다. 할아버지가 추임새를 넣어가며 신나게 내 이야기를 들으신다. 짐을 풀어놓은 후 텃밭에 가니 오랜만에 나온 햇살 아래 대추방울토마토들이 반짝반짝 빛난다. 연못가의 대추나무 잎은 새잎처럼 윤기가 잘잘 흐른다. 아이비는 조경석 위에 승리의 월계관처럼 앉아 뽐내고 있고, 그 옆의 비비추들은 '삐비삐비' 풀피리로 화음을 넣는다. 이제 겨우 목을 내밀기 시작하던 백문동 꽃은 여기저기에서 보라색 꽃대궁을 힘차게 밀어올리며 승전가를 부르고 있다. 이 모든 풍경은 장엄한 생명의 찬가 같다. 공포와 위협의 폭풍우에 식물들은 더욱 강력한 생의 의지로 맞선다. 밤새 쏟아지는 폭우와 천둥과 번개의 화살 밭 안에서 토마토는 악착같이 더 새끼를 치고, 백문동은 서둘러 꽃을 피우며 씨앗을 준비한다. 흙탕물에 잠겼던 연잎들도 거의 대부분 물 밖으로 얼굴을 내밀고 있다. 연잎의 척추도 더욱 강해지고 꼿꼿해졌다. '위버멘쉬'! "대지 위에 수렁과 깊은 슬픔이 있다 하더라도, 가벼운 발을 가진

자는 진창 위를 사뿐히 달리며 마치 깨끗하게 쓸어놓은 얼음판 위인 양 춤을 춘다. 그대들의 마음을 고양시켜라, 형제들이여, 높게, 더 높게!"(니체)

혁혁한 업적

할아버지께서 장맛비로 떨어진 나뭇가지들을 모아 태운다. 물에 젖은 푸른 가지들에 불이 붙는 게 신기하다. 가까이 가니 할아버지께서 말을 거신다.

"누가 불을 잘 태우는지, 그런 시합은 없쥬?"

"그런 것 있으면 아버님이 1등 하실 텐데요."

"그런 대회 있으면 한 번 나가 보고 싶어유."

초록 나뭇가지 틈으로 새빨간 불씨가 뜨겁다. 그 위로 흰 연기가 자욱이 올라간다. 구수한 냄새가 난다. 할아버지는 생전 서두르시는 법이 없다. 매일 아침 출근해 온종일 일하고 저녁이면 읍내 집으로 돌아가는 일과가 계속 반복된다. 병원에 갈 일이 있거나 무슨 행사가 있는 경우를 제외하고 이 일상은 깨진 적이 거의 없다. 점심 식사 후에는 짧은 낮잠을 주무시거나 책을 읽으신다. 비가 와서 일을 못 할 때나, 한겨울 일감이 없을 때는 난로를 피우고 종일 책을 읽으신다. 인터넷을 못 하시므로 주로 읍내의 서점에 가서 책을 구매하신다. 내가 정수기의 물을 뜨러 자주 드나들기 때문에 할아버지는 출입문에 항상 열쇠를 꽂아두신다. 드나들다 보면 자연스레 할아버지의 책상 위에 펼쳐진 책을 보게 되고 할아버지의 독서목록을 알게 된다. 조경이나 농업 관계 서적은 물론, 문학, 철학, 역사서 등 할아버지의 독서 범위는 끝도 없다. 내가 드린 내 책들은 물론, 법정 스님의 책들, 리영희 교수의 『대화』, 한강의 소설 『채식주의자』, 노자의 『도덕경』, 조정래 소설 『풀꽃도 꽃이다』, 이어령의 『생명이 자본이다』, 신영복의 『처음처럼』, 이재무 시집 『슬픔은 어깨로 운다』, 안원찬 시집 『거룩한 행자』 등이 요즘 할아버지께서 독파해나가신 책들이다. 할아버지는 아무것도 없는 먹실골 야산을 무려 43년간 꾸준히 가꾸어 오늘의 '낙원'을 만드셨다. 서두름이 없으나 절대 중단되지 않는 할아버지의 행보를 매일 지켜본다. 꾸준함을 이길 자, 아무도 없다.

두부조림을 만들어 저녁 식사를 한 후 느티나무 아래에 가니 상사화들이 군락을 이루고 있다. 저 꽃들도 할아버지께서 하나하나 다 심으신 것이다. 뒤늦게 먹실골에 들어온 나는 이렇게 한 사람의 오랜 노고로 만들어진 '보화'들을 거저 즐기고 있다. 할아버지께 무상으로 얻어먹는 야채와 과일의 수를 대충 세어 봐도 스무 가지가 넘는다. 나는 비자발적 '도둑 다람쥐'다. 이 모든 선물보다 더 큰 선물은 할아버지께서 내게 매일 몸으로 가르쳐주시는 '겸손과 환대'의 정신이다. 할아버지를 보면 김수영의 「봄밤」이 떠오른다. 나는 얼마나 속된 마음으로 매일 “혁혁한 업적”을 꿈꾸는가.

애타도록 마음에 서둘지 말라
강물 위에 떨어진 불빛처럼
혁혁한 업적을 바라지 말라
개가 울고 종이 들리고 달이 떠도
너는 조금도 당황하지 말라
술에서 깨어난 무거운 몸이여
오오 봄이여

한없이 풀어지는 피곤한 마음에도
너는 결코 서둘지 말라
너의 꿈이 달의 행로와 비슷한 회전을 하더라도
개가 울고 종이 들리고

기적소리가 과연 슬프다 하더라도
너는 결코 서둘지 말라
서둘지 말라 나의 빛이여
오오 인생이여

— 김수영 「봄밤」 부분

비가 줄면서 연못 아래 작은 폭포도 제 모습을 되찾았

다. 깨끗하게 제 몸을 씻은 계곡으로 물줄기가 시원하게 쏟아진다. 저 물도 수십 년 혹은 수백 년째 저렇게 흐르고 있을 거다. "개가 울고 종이 들리고 달이 떠도" 저 물은 "조금도 당황"하지 않고 아래로 아래로 흐른다.

예술가들과

모처럼 먹실골이 떠들썩하다. 조현석, 박완호, 백인덕 시인이 고기와 숯 등 바비큐 재료를 잔뜩 사 들고 왔다. 이른 아침부터 오후 늦게까지 집필실 데크에서 한담을 나누었다. 나는 90년대 초반에 시와 문학평론으로 등단을 했지만, 영문학 학회를 핑계로 중간에 20여 년 동안이나 문단 활동을 하지 않았다. 문단에 복귀한 지 5년여가 되었지만 잘 돌아다니는 성격이 아니라 지금도 안면을 트고 지내는 문인들이 별로 많지 않다. 이들이야말로 내가 가까이 지내는 몇 안 되는 문인들이다. 집필실과 오두막 인피니튜드, 텃밭, 커다란 고구마밭, 연잎이 가득한 연못, 작은 폭포가 있는 계곡을 둘러보더니 다들 먹실골이 '낙원'이라고 상찬을 한다. 오전에 비가 온다는 예보가 있었지만, 다행히 비가 내리지 않아 데크에서 바비큐 파티를 했다. 조현석 시인이 가져온 칡술로 시작한 아침술이 길게 오후까지 이어졌다. 블루투스 스피커로 이미자, 배호, 주현미를 작게 틀어놓고 이야기를 나누었다. 긴 시간에 비해 천천히 마셔서 정작 비운 술병의 수는 많지 않다. 아, 정겨운 시간이여. 사랑이 최고다.

친구들이 가고 나니 비가 내리기 시작하고 먹실골의 적막이 더 깊어진다. 조현석 시인이 낮에 끓여놓은 콩나물국으로 저녁을 먹고, 해설을 쓸 시집 원고를 읽는다. 다행히 시들이 좋다. 평론을 쓰기 가장 힘든 시는 '독자적 텍스트'(롤랑 바르트)다. 독자적 텍스트란 너무 단순하고 뻔해서 독자가 그 의미를 수동적으로 소비만 하면 되는 텍스트를 말한다. 이런 텍스트는 읽으면 바로 의미의 전모가 드러나므로 독자(평론가)가 특별히 할 일이 없다. '할 일'이 없는 텍스트를 가지고 무언가를 하는 것처럼 힘든 일은 없다. 좋은 평론은 좋은 작품을 만날 때 탄생한다. 좋은 작품은 다양한 해석의 여지가 많은 작품이다. 해석의 여지가 많으므로 평론가가 개입할 여지도 그만큼 많아진다.

***

짤막한 대중문화 에세이 〈굳세어라 금순아—대중음악의 그윽한 힘〉을 끝냈다. 골방과 바깥을 동시에 사유하는 대중음악이 오래 살아남는다. '금순'이와의 사적인 삶과 "눈보라가 휘날리는 바람 찬 흥남 부두"의 사회·역사적인 삶이 부딪힐 때, 내러티브는 상승의 시너지를 얻는다.

밤늦게 K 부부가 올라와 차를 마신다. 요 며칠 적조해서 올라왔단다. 모르긴 몰라도 도회지에서는 찾아보기 힘든 '관계적' 삶이 이곳에서는 매일 지속된다. 먹실골에 들어오기 전에는 전혀 생각조차 못 했던 따듯한 삶의 결을 이곳에서 매일 느낀다. 이렇게 쓸쓸한 시를 쓴 적도 있구나.

마른 목선에 기대어 생각한다
(서해는 왜 이렇게 죄다 쓸쓸한 거야)
한때 불구였던 생
삐걱대던 소리마저 즐거웠던
청춘은 어디로 갔나
푸른 수염만 허망하게 자라고
어제는 또 하나의 꽃이 졌다
가을 햇살 속에 벌써 얼음이 언다

서글퍼라, 내 안의 불이여

해바라기처럼 환하게 지는 노을 위로
점점이 생애를 이고 있는 구름
마취된 심장이여
그래도 가야 할 길이 있다면
그것은 거품 같은 그리움
가다 가다
마침내 다 함께 저무는 수평

속에서 아득하게 수직을 꿈꾸는 것
그리하여 이 바다에 눈 내려면 다시 와
서툰 사랑을 끝내 견디리

— 오민석 「마른 목선木船에 기대어」 전문

신성이 녹아든
토마토잼이여

K와 함께 난생처음 토마토잼을 만들었다. 별장 아저씨가 어제 가져다준 토마토 한 상자를 상하기 전에 소비할 수 있는 유일한 방법이 이것이었기 때문이다. K를 도와 K의 작업실 앞마당에 솥을 걸고 장작으로 천천히 불을 때 가며 잼을 완성했다. 뭉근 불에 재료를 익힐수록 수분이 날아가고 토마토의 붉은 색이 점점 더 짙어진다. 끝낼 때까지 몇 시간이 걸렸다. 일하다가 작업실 데크 옆에 작고 까만 열매가 달린 나무가 있어 알아보니 아로니아였다. 색깔로 봐서는 충분히 익은 것 같은데, 막상 따서 먹어보니 아직 딱딱하고 강한 신맛이 난다. 얼른 뱉었더니 K가 낄낄거리며 웃는다. 자기도 먹어봤는데 내가 어쩌나 보려고 일부러 그냥 먹게 놔두었다는 거다. 돈으로 따지면 별것 아니겠지만, 모처럼 '함께 하는 즐거움'을 느낀다. 먼 옛날 장터에서나 혹은 명절날 음식을 함께 나눌 때나 느낄 수 있는 '잔치' 같은 분위기다. 잔치는 그 자체가 아니라 그것에서 파생되는 '공통체의 회

복감'으로 사람들을 기쁘게 한다. '공통체'의 개념을 체계화한 안토니오 네그리의 말대로 "사랑은 개인주의의 고립성을 탈출하기 위한 수단이다." 사람들은 '잔치' 안에서 "우리의 타자 되기"를 경험한다. 그래서 잔치가 기쁜 것이다. 누구나 '나'에서 '타자'로 건너가는, 그리고 '타자'가 나에게로 건너오는, '사랑'을 원한다.

토마토잼을 완성하고 나니 저녁때가 다 되었다. K가 수제비를 끓일 테니 먹고 가라고 한다. K는 도대체 못 하는 것이 없다! K가 부엌에서 밀가루에 감자를 갈아 넣은 반죽을 만들고 호박을 잘라가며 수제비를 만드는 동안, 나와 K의 아내는 그냥 지켜보며 농담이나 던지는 것 외에는 할 일이 없다. 마침내 호박 수제비가 한 상 가득 차려지고 K 부부와 함께 저녁을 먹는다. 토마토 만드는 과정과 수제비 밥상을 딸애에게 사진으로 찍어 보내니 문자가 온다. "아빠, So blessed." 신은 타자들을 대리자로 보내 사람들에게 사랑을 베푼다. 그러므로 사람들의 모든 선한 행동에는 '신성'이 녹아 있다. 덕분에 더 부풀어진 수박 배를 안고 천천히 차를 몰아 집필실로 돌아왔다. 샤워하고 책상에 앉으니 정말 사람 사는 것 같다. 고마워요.

식물의 시간은 쉬지 않고 흐른다

오늘은 온종일 비가 내리지 않았다. 장마가 점거했던 먹실골에 모처럼 햇살이 화사하다. 할아버지께서 폭우로 쓰러졌던 제비콩 다발들을 걷어내고 있다. 할아버지가 세워준 막대기 기둥과 그물을 타고 올라 이제 막 열매를 맺기 시작하던 제비콩들은 마지막 시간을 얼마 앞두고 이렇게 무너진다. 지저분하고 어지럽던 제비콩밭이 깨끗한 흙을 드러낸다. 할아버지는 이곳에 이제 김장용 배추를 심을 것이다. 저녁때 나가보니 뜯어낸 제비콩 다발에서 할아버지가 몇 개 안 달린 콩을 따고 계신다.

"그냥 버리려다 하늘이 보고 있어서 따는 거예유. 이런 거라고 마구 버리면 벌 받쥬."

할아버지는 특별한 종교가 없지만, 이렇게 '신의식'을 가지고 계신다. 그것이 어떤 식으로든 할아버지의 생애를 더욱 숭고하게 만든다.

모처럼 주변을 둘러보니 상사화는 이제 기운을 다했고,

절정에서 내리막길을 걷기 시작한 보랏빛 맥문동들 옆으로 '천사의 나팔꽃'이 환하게 피어있다. 저 느닷없는 현현顯現. 지상을 향하여 노란 나팔을 불고 있는 저 천사들은 도대체 언제 먹실골에 내려왔나. 장마 때문에 보지 못한 사이에도 식물의 시간은 쉬지 않고 흐른다. 정지해 있거나 퇴행하는 것은 오직 '나'라는 주체뿐, 배롱나무 꽃잎은 핏물처럼 붉어지고, 국화과의 벌개미취는 보라색 들국화처럼 맑아지고, 솔잎금계국도 황금별처럼 빛난다. 비닐하우스 앞에서는 벌써 코스모스가 피어나기 시작하고, 죽어가는 상사화들 옆에서 맨드라미가 붉은 볏을 세우기 시작한다. 그동안 보이지 않던 범부채꽃도 얼굴을 디민다. 햇볕이 나자 먹실골의 매미들이 일제히 울기 시작한다. 그간 지상에서의 짧은 생마저 폭우 속에서 탕진한 저 가련한 생애들도 이제 며칠 남지 않았다.

시집 해설 원고를 쓰던 중에, 마감을 한참 넘긴 단행본 출판사의 무거운 독촉 메일을 받는다. 그 와중에 전화로 연극 평론 청탁이 들어온다. 이리 치고 저리 치는 생이여, 너의 시간도 불같이 타고 있구나.

***

외롭다는 것은 사랑을 돌이킬 수 없다는 자각에서 온다. 한 존재가 오로지 기억 속에서만 존재한다는 것은 끔찍한 일이다. 그럼에도 불구하고 나는 병든 강아지처럼 찡찡거리는 것을 혐오한다. 나는 하나의 생명체이며 생명을 만든 그분이 내 안에 심으신 뜻대로 삶을 위해 헌신할 것이다. 극한의 고독 속에서도 나는 책상에 앉아 책을 읽고 밀린 글을 쓴다. 돌이킬 수 없는 것은 이미 나의 영역이 아니며, 그런 일들을 주관하는 주권자의 몫이다.

방금《시작》여름호에 실릴 서평을 마쳤다. 오늘은 아내가 그리워 너무 괴로웠네. 내게 필요한 것은 영혼의 나태에 빠지지 않는 것. 사랑을 끝내 잊지 않는 것.

원고, 또 원고

〈이중의 뒤틀기 혹은 우화적 상상력의 힘〉이라는 제목의 원고를 끝냈다. 마감일이 많이 지난 단행본 출판사에서 두 달의 시간을 더 주겠다는 연락이 왔다. 단행본은 매일 일정량의 원고를 꾸준히 쓰지 않으면 진도가 나가지 않는다.

요즘 밀린 글을 계속 쓰다 보니 책을 읽을 시간이 부족하다. 들어가는 게 없고 빠져나가기만 하니 영혼이 고갈되는 소리가 들린다. 그래도 틈틈이 켄 리우Ken Liu의 단편집 『종이 동물원』을 읽는다. 휴고상, 네블러상, 세계환상문학상을 휩쓴 그의 소설은 흔히 'SF 환상문학'으로 분류되지만, 그의 소설에 있어서 판타지는 그가 세계의 총체성을 포획하기 위해 동원한 '장치'에 불과하다. 그의 소설은 장르문학의 한계를 훌쩍 뛰어넘는다. 단편 소설집은 없는 시간 틈틈이 한 편씩 읽으면 되므로 요즘처럼 바쁠 때는 아주 유용하다.

"-아빠, 잔디는 왜 초록색이에요?"

"-나뭇잎의 초록색이 봄비랑 같이 땅으로 떨어져서 그래."

—『종이 동물원』, 216쪽

***

전기가 복구되어 오랜만에 인피니튜드에 들었다. 창밖에는 빗소리 요란하고 방 안엔 적막이 그득하다. 내 영혼은 빗소리와 고요 사이에 가만히 눕는다. 명치 끝에서 우울의 낮은음자리표가 또 뎅그렁 울린다. 그것은 마치 오래된 우물처럼 깊다. 희망은 늘 시련이나 고통을 지나서 온다. 지혜가 초상집에 있다는 경전의 말은 옳다. 통점에서 올라온 기쁨은 뻔뻔스럽지 않다. 그걸 받아들이고 사랑해도 죄가 아니다. 그러니 기쁨 중에도 늘 아프기를.

그리스인 조르바

카잔차키스의 『그리스인 조르바*Zorba The Greek*』 영문판을 틈틈이 다시 읽는다. 이 작품을 새로 영역英譯한 비인P.Bien 교수에 의하면, 기존의 영역본은 그리스어를 모르는 역자들이 불어본을 가지고 중역重譯한 것이 대부분이어서 오역과 생략이 많다. 심지어 그리스어 원본에는 나오지도 않는 문장들이 들어가 있기도 하다. 한국어판은 어떤 원본을 누가 번역했는지 모르겠다. 안정효가 번역한 카잔차키스의 『영혼의 자서전』도 원본이 아니라 영역본의 중역이다.

카잔차키스의 매력은 고통을 자처하며 지속적인 영혼의 분투를 보여주는 데에 있다. 그는 어느 곳에도 안주하지 않으며 집중과 절망과 환희의 고원高原들을 떠돈다. 그리고 그 고원들 너머에는 항상 '신'에 대한 사유가 별처럼 빛난다. 『그리스인 조르바』의 서문에서 그는 자신의 영혼에 깊은 자국을 새겨넣은 네 사람을 언급하는데, 그들은 호메로스, 베르그송, 니체, 그리고 조르바다. 그중에서도 니체는 그를

"새로운 격통들로 풍요롭게 해주었으며, (그에게) 불행, 슬픔, 그리고 불확실성을 자부심으로 변형시키는 방법을 보여주었다." 불행과 슬픔과 불확실성은 어떻게 '자부심'으로 바뀌는가. '격통'은 어떻게 영혼을 풍요롭게 만드는가. 조르바가 그에게 가르쳐준 것은 "삶을 사랑하고 죽음을 두려워하지 않는 법"이다. 조르바는 몸과 생명성의 요구에 온전히 충실하다. 그는 사유와 행위 사이의 거리를 최대한 좁힌다. 죽음의 공포는 그의 행동을 제어하지 못한다.

> 나는 이성의 지시가 없이 글을 썼으며, 머리가 아니라 사타구니 근처에 자리 잡은 다른 힘이 나를 지배했다. 그 힘이 내 손을 이끌었고, 두뇌는 나를 따라가며 질서를 이룩했다.
>
> —『영혼의 자서전』

『그리스인 조르바』에는 화자인 '나'가 「붓다와 목자의 대화The Dialogue of Buddha and the Shepherd」의 한 대목을 인용하는 장면이 나온다. 붓다가 양치기에게 하는 말이다. "나는 순종적이고 자유로운 영혼을 가지고 있지(I have an obedient and free soul;)." 이 문장이 내 관심을 끄는 이유는 복종과 자유의 관계 때문이다. 무엇에 복종할 때 우리는 자유로운가? 진리에? 신에게? 사실 '복종'과 '자유'는 일종의 형용 모순 관계에 있다. 누군가 혹은 무엇인가에 복종하면서 어떻게 자유로울 수 있단 말인가. 그러나 복종할만한 가치가 있는 존재 혹은 진리에 복종할 때, 복종과 자유는 모순이 아니라 조화의 관계로 바뀐다. 붓다는 무엇에 순종했으며 그래서 자유로운 영혼의 소유자가 되었나. 나는 지난 운명에 순종한다. 그것은 나의 의지와 무관하게 벌어진 일이기 때문이다. 내가 선택하지 않은 것, 돌이킬 수 없는 것, 그것이 운명이다. 그리고 운명의 주인은 내가 아니다. 왜냐하면 나에게는 내가 선택하지 않은 무수한 일들이 일어나기 때문이다. 내게는 다만 내가 가고 싶거나 가야 할 길만이 있을 뿐이다. 그러나 의지와 무관하게 벌어지는 일의 '보이지 않는 주체'에 복종하지 않으면 나는 영원히 부자유해진다. 그리하여 복종 혹은 순종은 자유로 가기 전에 반드시 거쳐야 할 과정이다. 그 과정을 잘 거칠 때 '복종' 혹은 '순종'이라는 단어는 넘치는 긍정성을 갖는다.

정겨운 죽음,
외로운 폭발

할아버지께서 집필실 앞 언덕의 잡초들을 정리해 불에 태우신다. 봄날의 철쭉꽃도 온데간데없이 사라지고, 접시꽃, 능소화, 상사화, 우단동자도 세상을 떴다, 무성하던 여름꽃들마저 서서히 지고 있다. 수명을 다한 꽃들이 한데 모여 불에 탄다. 저 정겨운 죽음. 대추 알을 붉게 칠하며 한 계절이 가고 있다. 먹실골에서는 배롱나무가 잘 자라지 않는데, 오직 한 그루가 살아남아 늦여름의 언덕을 붉게 밝힌다. 저 외로운 폭발. 문득 멀리 명옥헌으로 배롱나무꽃을 보러 떠날까 생각하다가 그만 자리에 앉는다. 파편처럼 수면 위로 떨어지는 붉은 새들을 저 혼자 지라고 놔두자. 그런데 "내 비참한 바닥"이라니.

> 다섯 그루의 노송과 스물여덟 그루의 자미紫薇나무가
> 나의 화엄연못, 지상에 붙들었네

이제는 아름다운 것, 보는 것도 지겹지만
화산재처럼 떨어지는 자미꽃들, 내 발등에 남기고
공중에 뜬 나의 화엄연못, 이륙하려 하네

가장자리를 밝혀 중심을 비추던
그 따갑게 환한 그곳, 세상으로부터 잊혀진
중심수中心樹, 폭발을 마치고
난분분한 붉은 재들 흩뿌리는데
나는 이 우주 잔치가 어지러워서
연못가에 진로眞露 들고 쓰러져버렸네

하, 이럴 때 그것이 찾아왔다면
하하하 웃으면서 죽어줄 수 있었을 텐데
깨어나 보니 진물 난 눈에
다섯 그루의 노송과 스물여덟 그루의 자미나무가
나의 연못을 떠나버렸네

한때는 하늘을 종횡무진 갈고 다니며
구름 뜯어먹던 물고기들의
사라진 수면水面
물 빠진 연못, 내 비참한 바닥,
금이 쩍쩍 난 진흙 우에
소주병 놓여 있네

— 황지우 「물 빠진 연못」 전문

황지우는 "이제는 아름다운 것, 보는 것도 지겹지만"이라고 슬쩍 흘림으로써 자신이 유미주의자가 아님을 밝힌다. 그러나 아름다움 위에 항상 더 아름다운 것이 있다. 내가 더할 나위 없이 망가졌을 때 경전의 문장들이 꿀처럼 달듯이, "내 비참한 바닥"에서 아름다움은 정점을 찍는다.

어지러운 사랑. 환희와 불안과 나태와 활기가 제멋대로 섞여 움직이는 곳. 그 현기증 나는 불구덩이로 다시 들어갈 수 있을까.

비밀의 숲

언어는 안정과 불안을 동시에 가져온다.

– 모리스 블랑쇼『불의 몫』

시니피앙이 시니피에를 만날 때, 최초의 의도는 안착이다. 그것이 시니피앙에게 '안정감'을 주기 때문이다. 그러나 안착의 순간, 시니피앙은 시니피에의 변덕스러운 '운동'을 본다. 그것은 마치 유체처럼 계속 움직이며 기호의 안정성을 뒤흔든다. 시니피에를 포획하려는 시니피앙의 모든 노력은 허사가 된다. 사랑은 어지러워.

안개에 덮인 숲은 비밀로 가득하고, 햇살이 그것을 점차 거둘 때 모호함은 사라진다. 아, 저 투명한 속.

가을이 다가오며 꽃이 점점 더 귀해진다. 이렇게 조금씩 사라져가는 거다. 털여뀌는 더욱 진한 분홍이 되고, 조롱박은 터질 듯 커지고, 맨드라미의 붉은 구레나룻은 점점 더 억

세진다. 옥잠화가 흰 꽃잎을 뿜어낸다. 구절초처럼 생긴 벌개미취는 보라색 원반을 빙글빙글 돌리고 있다. 클레마티스는 고목을 감싸고 올라가며 푸른 하늘을 보여준다. 멀리서 태풍이 온다는 소식이 들리고, 재앙의 바이러스가 점점 더 창궐한다. 가짜 예언자들이 눈먼 사람들을 열광케 하니 죽음의 시간이 가까이 오고 있는 게다.

어린 '나'를 위한 지구

시인 K의 시집 서평 〈일상에게 말을 거는 방법〉을 탈고해서 보냈다. "시는 비의秘儀도 제의祭儀도 아니다. 시는 하늘의 뮤즈를 불러내지 않는다. 뮤즈들은 이미 지상에 내려와 있다. 시인이 일상에게 말을 걸 때, 일상은 권태의 잠에서 깨어난다."

우주의 침묵. 들리는 것은 계곡 건너 별장집의 새벽닭 우는 소리, 풀벌레 소리, 연못 아래 계곡의 물소리뿐. 그리고 내가 두드리는 자판 소리. 지구라는 푸른 동네에 잠시 불시착한 느낌. 저 먼 별이 너의 고향이냐. 별은 그리움을 낳고, 별이 낳은 그리움은 조금 아프다.

오주안이 하루가 다르게 무럭무럭 자란다. 나와 영상 통화를 하면 "할아부지, 까꿍, 까꿍" 하면서 고개를 끄덕인다. 저 어린 '나'. 지구가 자꾸 병들고 있어서 걱정이다. 우리 세대가 망쳐놓은 현실을 저 애들이 다 감내해야 하면 어쩌지. 자본-기계를 누가, 어떻게 중단시키나. 마르크스와 엥겔스의 말대로 (약한 것들 말고) 모든 견고한 것들이 대기 중에 산산이 녹아내렸으면. 오랜 경고의 언어들을 무시했던 오만한 기계들이 몽땅 망가지기를.

어떤 글쟁이

늦여름 먹실골의 아침은 매미 소리와 함께 시작한다. 따가운 햇살과 가을로 넘어가는 시간의 오선지 위에 매미들이 새카맣게 달라붙어 있다. 보이지 않는 공기 속을 매미의 음파가 가득 메우는 동안, 지상에서는 백일홍들이 햇살 아래 환하게 웃고 있다. 백일홍은 색종이를 접은 것처럼 반듯반듯한 초록 이파리와 빨강, 분홍, 자주색의 꽃들을 가지고 있다. 바위 아래 부처꽃이 만발하다. 부처꽃은 왜 '슬픈 사랑'이라는 꽃말을 갖게 되었을까. '부처'와 '슬픈 사랑'의 거리가 너무나 멀다. 금불초는 앙증맞은 노란 꽃을 가지고 있는데, 꼭 소꿉놀이하는 아이들처럼 즐겁다.

사위와 같은 사무실에서 일하는 동료가 코로나 확진 판정을 받았다. 증상이 없는 사위에게는 2주간 자가격리 조치가 내려졌다. 종합적인 분석 결과 사위는 검사 대상에서 제외되었지만, 오늘 자청해서 검사를 받기로 했다. 딸애 부부가 지난 주말에 먹실골에 다녀갔고, 그동안 나는 읍내 동물

병원에도 가고 장을 보러 다녀오기도 했다. 이 고요한 산속에도 언제든지 코로나가 쳐들어올 수 있다는 사실에 경악한다. 이제 우리는 완전히 새로운 시절을 살고 있는 거다. 할아버지와 K에게도 이 사실을 말씀드리고 당분간 가까운 접촉을 하지 않기로 했다.

"살아있는 가슴과 커다랗고 푸짐한 이야기를 쏟아내는 입과 위대한 야성의 영혼을 가지고 있는 사나이, 아직 모태인 대지에서 탯줄이 떨어지지 않은 사나이", 조르바가 작가에게 하는 말.

> 두목, 이런 이야기를 해서 미안하지만, 당신은 글쟁이야. 불쌍한 놈이지. 당신은 아름다운 초록색 광석을 볼 기회를 평생 가지고 있었지만, 보지 못했어. 맙소사, 때로 할 일이 없을 때 나는 가만히 앉아 내게 질문을 던져, '지옥이 있을까, 없을까?' 그런데 어제 당신 편지를 받고 나한테 말했지. '어떤 글쟁이들한테는 분명히 지옥이 있어.'
>
> – 카잔차키스 『영혼의 자서전』

***

사위의 코로나 검사 결과는 다행히 음성으로 나왔다. 하마터면 이 평안한 지역의 코로나 유포자가 될 뻔했다. 태풍

은 별 피해 없이 지나갔고, 창밖으로 할아버지의 예초기 소리가 난다. 나가 보니 연못과 계곡으로 가는 길이 초록 융단이 되었다. 비단길 위에서 흰둥이가 나를 보고 환하게 웃는다. 어젯밤엔 이슥하도록 해설을 쓸 시집 원고를 읽었다. 오래전 사랑을 잃은 한 사내의 고독이 쓸쓸하게 빛난다.

가을은

가을은 한 알의 호두가 땅바닥에 떨어지면서 온다. 조롱박은 개체 수가 점점 늘어나며 무럭무럭 자라고, 밤알도 몸집이 점점 커지고 있다. 관상용 사과나무는 몸통 가득 초록 알들을 매달고 있다. 가을은 익어가는 것들의 무게로 온다.

사랑도 사람에 깃드는 생물이어서
떠나와 돌아보면 그립고 눈물 나는 일이네

— 허림 「장설壯雪」

'장설'의 사전적 의미는 '장쾌하게 썩 많이 오는 눈'이다. 이런 단어만 봐도 먹실골의 하늘을 가득 메우고 쏟아질 눈이 벌써 선하게 그려진다. '장쾌하게 썩 많이' 눈이 오는 날, 시인은 잃어버린 사랑을 앓으며 "생이 뜨거운 짐승은 울면서 산다"(허림 「오막의 한 밤」)고 고백하네. 사랑은 달콤한

말로 와서 때로 욕설로 떠난다. 사랑할 때 '나쁜' 놈(년)이 되기 쉽다. 네 번이나 결혼한 헤밍웨이도 세 번은 '나쁜 놈'이 되었을 거다. 그래도 사랑은 늘 "그립고 눈물 나는" 일이다.

***

마감일에 맞추어 시집 해설 원고 〈사랑 분분芬芬, 빈자리—허림 시집 『누구도 모르는 저쪽』 읽기〉를 끝냈다. 원고를 끝내고 집필실 데크로 나가니 반딧불이 두 마리가 칠흑 같은 캔버스에 형광펜으로 아롱다롱 그림을 그리고 있다. 사진을 찍으러 가까이 가자 공중으로 달아난다. 작은 초록 등 두 개가 어둠 속으로 천천히 사라진다. 밖에서 들여다보는 집필실 내부가 참 따뜻하다. 먹실골의 밤이 점점 차가워지고 있기 때문일 거다. 커튼을 내린 책상 앞 창문을 쳐다보며 저 너머에 앉아 글을 쓰고 있는 나를 쳐다본다. 저 불빛은 번번이 새벽까지 켜있고, 가끔 동이 틀 때까지 꺼지지 않는다. 방 안과 밖의 조도가 같아질 때, 기분 좋은 피로감을 느끼며 침대에 드는 일.

무엇이 안 돼도
상관없다

할아버지의 고추 수확이 막바지에 이르렀다. 어제는 읍내에 계신 할머니까지 올라오셔서 고추 따는 일을 도우셨다. 오랜만에 나를 본 할머니께서 내 얼굴이 몰라보게 좋아졌다고 하신다. 할아버지는 내 풍채가 좋아졌다고 몸무게가 얼마나 늘었냐고 물어보신다. 사실 몸무게도 그대로고, 운동도 평소 하던 양만큼 하고, 내게는 외형상 크게 달라진 점이 없다. 그렇다고 해서 할아버지와 할머니의 판단이 잘못된 것일 리도 없다. 생각해보면 요즘 들어 고질적인 우울과 슬픔의 어두운 터널에서 많이 벗어났다. 우울증과 공황장애약을 자연스럽게 끊은 지도 꽤 되었으니까. 정년을 3년 앞두고 있으므로, 옛날 같으면 인생 종지부를 찍을 나이에 가까워졌지만, 평균 수명을 따져도 내겐 앞으로 20여 년의 생애가 남아 있다. 지금 우리 아버지 연세가 되도록 내가 살아 있다면 무려 30년이라는 긴 세월이 내 앞에 있다. 조심스럽게 말하지만, 이 정도 시간이면 나는 무엇이든지 될 수 있다. 무엇이 안 돼도 상관없다. 물론 인명은 재천이라는 것을 전제로 하는 이야기다. 나는 여전히 많은 일감을 즐거이 해내고 있고, 매일 규칙적인 운동으로 근육을 단련한다. 내가 견디지 못하는 것 중 하나가 몸이 무너지는 것이다. 피곤하면 만사가 귀찮아지므로, 좋은 글을 쓰기 위해서는 지치지 않는 체력이 필요하다. 언젠가 모든 것이 무너질 날이 올 것이다. 마지막 순간까지 분투하다가, 마침내 손님처럼 다가올 그 순간을 기쁘고 후련하게 받아들일 것이다. 몸을 벗을 때, 새로운 세계가 다시 시작됨을 믿는다. 초저녁잠을 자고 일어나 날밤을 새우다 들으니, 창밖의 풀벌레들도 자지 않고 밤새 울어댄다. 너희들은 무엇을 구하여 그렇게 칠흑의 밤과 싸우느냐. 살아서 일상을 누리는 것은 얼마나 장한 일이냐.

9월

"나는 내면의 함성을 쏟아 내어
자신이 터져나가지 않도록 하려고
글을 쓰기 시작했다."

-카잔차키스

자기 안의 늑대

오후 늦게 K의 정화조 콘크리트 타설을 도와주었다. K가 일할 때 내가 할 수 있는 것은 오로지 '조수일' 뿐. 작업을 끝내니 날이 어두워졌고, 둘이서 '난닝구' 바람에 먹실골 입구 상점으로 막걸리를 사러 내려갔다. 올라오는 길에 K가 밤하늘을 가리키며 말한다. "저것 좀 보세요. 금방이라도 늑대가 튀어나올 것 같지 않아요?" 검은 하늘에 구름이 흰 눈 덮인 산등성처럼 펴져 있고, 그 위로 달이 창백하게 떠 있다. 야생의 기운이 가득하다. 내 안의 늑대가 스멀스멀 기어 나온다. 핏기없는 정신의 살을 찌우는 것은 몸의 언어다. 자기 안의 늑대를 살리는 것.

> 늑대는 나에게 비밀스레
> 날고기를 먹였고 나는 성장하여
> 언젠가는 무리를 이끌 것이었다

나는 내 눈이
어둠 속에서 불타오르기 시작할 것을
믿었다
그렇지만 내 눈은 불타오르지 않는다
아마도 진짜 밤이
아직 시작되지 않았기 때문일 것이다

—바스코 포파, 「늑대의 눈」 부분

곧 나올 평론집의 교정쇄가 왔다. 제목은 『몸-주체와 상처받음의 윤리』

시는, 문학은, 이런 점에서 이성의 언어가 아니라 몸의 언어다. 이성으로 설명되지 않는 욕망과 고통과 거짓과 위대한 결단이 몸 안에서 일어난다. 시는 몸의 떨림을 감각의 언어로 주워 담는다. 그리하여 내 문학과 평론의 중심은 몸의 탐구에 가 있다. 그리고 그것의 궁극적인 목적은 '상처받음의 윤리'다. 문학은 '윤리'와 오랜 전쟁을 치러왔다. 윤리가 규범적 권력일 때, 문학은 윤리와 싸운다. 그러나 윤리가 성취가 아니라 무너짐, '상처 줌'이 아니라 '상처받음'을 지향할 때 그것은 문학과 친족 유사성을 갖는다.

—「머리말」 부분

무념무상

화창했던 어제가 가고 오늘은 종일 비가 내린다. 멀리서 태풍 '마이삭'이 북상하고 있다. 숲은 물안개를 품고 추억을 감싸며 시시각각 얼굴을 바꾼다. 커피를 연거푸 두 잔이나 마시고, 빗물의 프리즘을 통하여 오래도록 숲을 들여다본다. 무념무상. 순간적으로 농축된 시간은 과거와 현재와 미래를 동시에 존재하게 한다. 만화경 속의 무늬처럼 시간이 뒤섞인다. 너, 여기까지 왔구나.

> 이 세계는 불행의 독을 마시고서 그 속에서 자족하고 있는 듯하다. 이 세계는 니체가 무거움의 정신이라고 불렀던 그 악에 내맡겨져 있다. 우리는 그 악에 손을 빌려주지 말자. 정신의 죽음을 슬퍼하며 통곡하는 것은 헛된 일이다. 정신을 위하여 일을 하는 것으로 족하다.
>
> – 알베르 카뮈

카뮈가 니체를 빌려 말하는 "현인의 냉정한 검박儉朴." 무거움을 덜어내는 정신의 힘. "확고한 긍지." 장식을 떨어낸 저 지극히 단순하고도 명쾌한 길. 몸-주체의 길. 자신을 억압하지 않으며 몸의 명령을 따르는 정신.

한 사람의 죽음

초저녁에 잠자리에 들었더니 새벽에 저절로 눈이 떠진다. 밤새 바람도 없이 비가 계속 내리고 있다. 빗속에서도 벌레들이 운다. 매미 소리는 어느새 사라져 낮에도 들리지 않는다. 한 계절이 돌아오지 않을 과거로 사라지고 있다. 번식기에 둥지 근처에만 가도 살기등등하게 사람을 공격하던 물까치들이 데크 앞 사과나무에 몰려 사과를 파먹다가 내가 문만 열어도 도망치기 바쁘다. 똑같은 힘으로, 이길 수 있는 상대를 이기지 못한다. 결국 싸움의 힘은 '대의'에 대한 확고부동한 의지에서 나온다. 새끼를 지키는 일은 목숨을 걸만한 대의이나, 사과를 몰래 파먹는 일에는 그런 대의가 없다. 기 싸움이 승패를 가르는 것도 같은 이치다.

불과 얼마 전까지만 해도 코로나 확진자가 한 명도 없던 이 지역에 확진자 수가 갑자기 늘고 있다. 첫번째 확진자의 동선이 넓어서 그렇다. 대도시가 아닌 군 지역에서 확진자가 연이어 늘고 있는 모습은 통계가 아니라 실물로 느껴진다. 코로나의 놀라운 감염력에 섬뜩해진다. 할아버지께서 이런 말씀을 하신다. “한 사람의 죽음은 우주가 줄어드는 것이구, ‘내’가 줄어드는 것이지유.”

오는 계절이
더 그립다

시집 해설 원고 <아름다운 회상, 혹은 강 건너 저쪽—양소연 시집 『가슴뼈 하나 빼내듯 떠나보낸 사랑』 읽기>를 끝냈다. 시인들도 저마다 다른 각도로 세계를 읽는다. 보들레르처럼 '악의 꽃'을 끄집어내 선으로 위장한 세계의 파사드에 오물을 끼얹는 시인이 있는가 하면, 긍정성을 극대화함으로써 어둠과 싸우는 시인도 있다. 이번에 해설을 쓴 시인은 후자에 가깝다. 그는 사랑으로 긴 세월을 이겨낸 "늙은 자궁"이다. 그가 회상하는 과거는 아름답다. 아름다운 회상은 오로지 '잘 살아온' 사람에게만 주어진다. 그는 늘 선한 사랑으로 우울과 고통을 넘어선다. 엄살이 없다. 이러기도 쉽지 않다.

이제 세 아이의 아빠가 된 아들의 아기 때 사진을 오랜만에 들여다본다. 아기인 아들과, 지금의 아들과 나, 이렇게 세 사람이 하나의 사진에 오목이 들어가 있다.

할아버지가 애지중지 키우신 10년산 감나무가 태풍에

쓰러졌다. 먹실골 아래 계곡 옆의 큰 나무가 쓰러지며 전선을 건드려 두어 시간 동안 전기가 들어오지 않았다. 그렇게 태풍이 지나가고 나니 먹실골의 하늘이 더 높아졌다. 먹실골의 밤이 갈수록 더 서늘해진다. 어젯밤엔 난로에 장작을 땠다. 가는 계절에 미련이 없고, 오는 계절이 더 그리워진다.

똥개훈련

어제는 시인 H가 먹실골에 찾아왔다. K와 셋이 읍내에 나가 저녁으로 삼계탕을 먹었다. 같은 군 지역에 사는데 그의 집에서 먹실골까지는 무려 한 시간 반이나 걸린다. 그가 사는 곳은 먹실골보다도 훨씬 더 깊은 산골이고, 요즘은 계곡에서 밤낚시를 해서 매운탕을 끓여 먹기도 한다고 한다. 저녁을 먹고 집필실에 올라와 셋이서 커피를 마시며 밤이 이슥하도록 정담을 나눈다. 큰일을 겪고 난 뒤부터 다른 사람의 굴곡진 인생 이야기를 들으면 나도 모르게 가슴이 저며온다. H는 K나 나처럼 기운이 뻗쳐 시끄럽지 않고, 조곤조곤 이야기하는 차분한 성격의 소유자다. 이런저런 이야기를 나누는 동안 데크 위로 반딧불이 한 마리가 곡선을 그리며 날아다닌다. 조만간 K와 내가 H의 집을 방문해 함께 밤낚시를 하고 하룻밤 유숙하기로 약속하고 헤어진다. 새벽 두 시가 다 되어 H가 집에 잘 도착했다는 문자를 보내온다. 하루가 다르게 온도가 떨어져서 이제 밤에는 반바지 차림으로 집필실 야외 테이블에 앉아 있지 못한다. '난닝구' 패션은 커녕, 반소매 남방 차림에도 한기가 스며들어온다. 짓궂은 K는 야외 테이블 위에 재떨이가 있어도 담배꽁초를 일부러 데크 바깥으로 내던진다. 그냥 놔두면 할아버지께서 치우시기 전에 내가 그걸 줍는 것을 알고 고의로 장난을 치는 거다. 이름하여 '똥개훈련'이다. 나도 어떤 식으로 K를 골려 먹을까 매일 궁리 중이다.

시인학교의 그

태풍 ‘하이선’의 영향으로 어제 낮부터 계속 비가 온다. 늦은 저녁 방안에서 운동하고 나니 피로가 몰려와 초저녁잠을 잤다. 새벽 두 시, 허기를 달래려 H가 사놓고 간 ‘떡붕어 사만코’ 아이스크림과 에어프라이어에 구운 고구마를 먹고 책상에 앉는다. 요즘은 오로지 평론을 쓰기 위해 시집을 읽으니 시집 읽는 일도 늘 전쟁 같다. 특별한 목적도 없이 느긋하게 시를 읽은 적이 도대체 언제인가. 그래서 준비 중인 원고를 잠시 밀어놓고 김종삼 시집을 읽는다. 김종삼은 내가 문청 시절 가장 좋아했던 시인이다. 나는 김관식이 “쌍놈의 새끼들이라고 소리”지르고, 전봉래와 김종삼이 “한 귀퉁이에 서서 조심스럽게 소주를 나”누는 “시인학교”에서 살았다. 평론으로 등단을 한다면 김종삼론을 가장 먼저 쓰고 싶었다. 그러나 나는 황지우론으로 데뷔했고, 그로부터 20년도 훨씬 지난 다음에야 어느 문예지의 청탁으로 김종삼론을 겨우 썼다. 김종삼은 내게 언제고 돌아가야 할 고향 같지만,

세상의 파도가 너무 격하여 이제 그곳에 안착하기는 힘들 것 같다. 세계는 더 이상의 '순수한 싸움'을 용납하지 않는다. 하나의 창과 방패로 싸우던 시절은 끝났다. 만개의 창과 방패를 어지러이 휘둘러도 만만치 않은 전투가 매일 벌어진다. 그래서 김종삼은 돌이키기 어려운 추억이 되어버렸다.

남루를 입고 가도 차별이 없었던 시절
슈벨트의 가곡歌曲이 어울리던 다방이 그립다

눈내리면 추위가
계속되었고
아름다운 햇볕이
놀고 있었다

— 김종삼 「따뜻한 곳」 전문

몸이 없는 언어

태풍이 지나가고 나니 갑자기 가을이 깊어졌다. 하늘은 마치 유화물감을 풀어놓은 것처럼 비현실적으로 푸르고 희다. 나는 겨우내 땔 장작을 언제쯤 들여놓을까 생각을 하고, 추워서 더 따뜻할 계절을 그리워한다. 어제는 읍내 방앗간에 나가 고추를 빻아 여동생에게 보냈다. 기름집에 가서 국산 참기름을 두 병 산다. 하나는 내가 먹을 것, 다른 하나는 지인에게 줄 것이다. 읍내에서 왕래하는 일이 몸에 잘 맞는 옷처럼 점점 더 편안해진다. 이곳에서 시간은 아주 더디 흐르고, 나는 능글맞은 짐승처럼 천천히 우체국으로 가서 고춧가루를 택배로 보낸다. 집필실에 들어오다 K에게 전화를 해 간짜장으로 늦은 점심을 나눈다. K는 단박에 고량주를 주문해 커다란 물컵에 따라 마신다. 밤에 원고를 써야 하는 나는 조막만 한 고량주 잔에 딱 한 잔만 따라 마신다. 속이 싸르르 하니 상쾌하다. 남은 고량주 병을 K가 들고나온다. 지극히 단순한 생활이 지속되면서 내 안의 몸의 언어가 서서히 살아남을 느낀다. 창백한 영혼에 핏기가 돌 때, 나는 비로소 자유다. 몸이 없는 언어는 가짜다.

가을이 오고
더불어 산다

긴 장마와 여러 차례의 태풍을 지나며 가을이 오고 있다. 먹실골 여기저기에 흩어져 있는 호두나무 아래 잘 익은 호두들이 즐비하다. 과육에서 빠져나온 단단한 씨앗에 천둥과 불볕더위와 바람과 번개의 시들이 쭈글쭈글 씌어있다. 여러 해 먹실골에서 지내다 보니 나는 이제 어느 나무에 소출이 더 많은지 잘 알고 있다. 올해도 호두를 주우러 가보니 예외가 없다. 연못가의 호두나무는 개수가 적은 대신 알이 굵고, 인피니튜드 앞마당의 호두나무는 알이 작은 대신 개체 수가 아주 많다. 집필실 뒷산에 오르면 여러 그루의 호두나무가 있는데, 그중에서도 가장 꼭대기에 있는 나무는 알도 굵고 개체 수도 많다. 그 나무 밑에 멧돼지들이 밤새 진흙 목욕을 한 흔적이 역력하다. 그 아래 집필실에서 어느 작가 아저씨가 원고와 씨름하는 동안, 멧돼지들은 아무도 모르는 흙의 유희를 즐기고 있었던 것이다.

어제는 할머니의 팔순 생신이어서 할아버지 부부, K 부부와 내가 함께 저녁을 나누었다. 송어횟집에서 조촐한 생신 파티를 하는데, 할아버지께서 며칠 전의 이장移葬 이야기를 하신다. 가족 묘원을 새로 만들어 여러 선친과 부친의 묘를 이장하셨다고 한다. 땅속에 있던 아버지의 유골이 밖으로 나오고, 아버지와 함께 겪은 전쟁과 가난과 슬픔의 세월이 사무쳐서 너무 힘들었다고 하시면서 할아버지가 울먹이신다. 오랜 노동으로 검게 탄, 인고의 지도가 깊게 각인된 할아버지의 얼굴에 눈물이 하염없이 흘러내린다. 울보인 나도 바로 울컥해서 질질 짠다. 이 모습을 본 K가 춤을 추고 까불면서 노래를 부른다. 할아버지와 내가 울다 말고 박장대소하며 웃는다. 이렇게 또 하루가 간다. 더불어 산다는 것은 얼마나 장엄하고 아름다운가. 비가 오려는지 벌건 대낮이 갑자기 캄캄해진다.

***

밤새 평론 〈남몰래 흘리는 눈물 혹은 사랑 노래〉를 끝냈다. 오늘은 온종일 평론집 교정을 보아야 한다. 새벽에 엄청난 빗소리에 잠깐 깨었다가 다시 아늑한 잠을 잤다. 아침에는 밥을 안쳐놓고 뒷산에 올라 호두를 줍는 것이 일과가 되었다. 얼마 안 되는 거리와 경사이지만 올라갔다 오면 온몸에 땀이 배고 밥맛이 좋아진다. 능소화로 뒤덮였던 거대한 고목이 지난 태풍으로 쓰러져 있는 것이 보인다. 쓰러진 고목을 외투처럼 감싸고 있는 능소화는 뿌리가 뽑히지 않았는지 싱싱하다. 거대한 죽음을 감싸고 있는 저 푸르른 생명이라니. 호두나무 아래에는 어젯밤 멧돼지들이 놀다간 흔적이 또 역력하다. 진흙밭을 뒹굴며 밤새 빗물의 샤워를 즐겼을 멧돼지들은 지금 어디에서 몸을 숨기고 있나. 호두를 한 봉지 줍고 인피니튜드 아래 밤나무 숲에 가니 여기저기 밤송이가 떨어져 있다. 껍질이 잘 벗겨지지 않는 것을 보니 아직 익은 것이 아니라 태풍에 떨어진 것들이다. 한 일주일쯤 지나면 석탄불처럼 익은 밤송이들이 떨어질 것 같다. 내일은 딸애 부부가 2박 3일 예정으로 아빠를 보러 온단다. 모처럼 유쾌하고 따뜻한 파티가 먹실골에서 벌어진다. 부지런한 할아버지는 콧노래를 부르며 고추를 따고 계신다. 살아계신 나의 유일한 멘토, 저 할아버지께 여생은 온전히 행복이기를. 어디 아프신 데 없이 천수를 누리시기를.

우리는 어쩌다
무한한 사랑을

저녁을 먹은 후 오랜만에 인피니튜드에 들어 시집을 읽는다. 밤은 깊어가고 풀벌레 소리가 아늑하다. 인피니튜드에는 언제나 집필실에서보다 더 깊은 적막이 고여있다. 1.8평의 작은 통나무 벽이 몸에 잘 맞는 옷처럼 나를 에워싼다. 편백나무 향이 가득하다. 집중이 잘 되어 짧은 시간에 시집 한 권을 다 읽는다. 불교와 우파니샤드 철학을 체화한 시인의 세계가 잘 들여다보인다. 시인은 우주에서 지구를 내려다보듯 먼 외곽에서 세상과 꽃과 사람을 읽는다. 내일 아침 한 번만 더 읽으면 이 시집에 대하여 글을 쓸 수 있을 것 같다. 우파니샤드 철학은 (다른 개념어를 사용하지만) 현대 포스트구조주의와 매우 유사한 주체관과 세계관을 가지고 있다. 끊임없이 몸을 바꾸는, 그리하여 고정되지 않는 주체, 계속 지연되는 진리.

책상 위에 얼마 전 사놓고 아직 읽지 못한 켄 리우의 소설 『어딘가 상상도 못할 곳에, 수많은 순록 떼가』가 보인다.

눈에 띄지 않았으면 잊어버렸을 것처럼 생소하다. 책을 보고 나서야 이 책을 내가 샀다는 사실이 기억난다. 그러니 나도 모르게 내가 잊어버리고 놓치는 것이 얼마나 많을까.

어제는 딸애 부부와 밤 이슥하도록 데크 테이블에서 파티를 했다. 보슬비가 계속 내렸고, 석유등 불빛이 바람에 흔들렸다. 반가워서 마음속 아들과 딸애를 차례로 안아주니 딸애가 나를 꼭 껴안고 흐느낀다. 왜 우냐고 물으니 아빠를 너무 보고 싶었단다. 본 지 얼마 지나지도 않았는데……. 이게 가족이다. 이 광활한 우주에서 서로 그리워할 사람들이 얼마나 될까. 사랑해, 얘들아. 우리는 어쩌다 한 배를 타고 한정된 생애에 이렇게 무한한 사랑을 나누게 되었을까.

매일 제 무덤을 파며 쓴다

늦은 밤 혼비백산 잠들고 깨어나니 온 세상이 안개 밭이다. 자연은 단 하루도 같은 날이 없고 문장은 낡는다. 매일 글을 쓰는 것은 매일 새로워지기 위함이나, 클리셰로 가는 지름길이기도 하다. 작가들은 매일 스스로 제 무덤을 파며 글을 쓴다. 훌륭한 작가는 자신이 쓴 것보다 훨씬 광대한 글의 지대가 있음을 감지하고 그 잠재성을 탐구하는 자다. 안개 바다는 먹실골이 반복이 아니라 무제한의 새로움을 생산하는 공간임을 보여준다. 두꺼운 안개 벽을 뚫고 뭉글뭉글 태양이 올라온다. 저 무궁무진의 변화. 글쓰기의 길.

***

요즘처럼 삶이 쓴 적이 없다. 티시 이노호사의 〈Donde Voy(어디로 가나)〉라는 노래를 며칠째 듣고 있다. 그녀는 통기타를 치며 슬프고 아름다운 눈으로 이 노래를 부른다. 라이브를 이어폰으로 들으며 시 「편지 15」를 썼다. 시를 쓰면서 몇 번인가 울었다. 갈 곳이 막막한 슬픈 연인들에게 이 시를 바친다.

악연惡緣의 별들이 너무 쓰다
눈도 내리지 않는 마른 겨울에
나는 너무 멀리 와 돌아갈 수도 없다
손금을 따라 헤엄치는 목어木魚 한 마리
풍금처럼 운다

오직 사랑 속에 뿌리를 박고

어젯밤 비가 온다는 예보는 빗나갔다. 모처럼 일찍 잠들었다. 아침 일찍 일어나니 해소되지 않은 욕망처럼 하늘에 먹구름이 가득하다. 비를 만들지 못하는 구름은 태양을 가리고 심술을 부리듯 먹실골을 어둡게 내려다본다. 열무김치와 계란장조림과 멸치볶음, 상추와 깻잎쌈으로 아침을 먹는다. 파바로티의 나폴리 민요를 틀어놓는다. 음악은 슬픔을 낭비하지 않고 숭고미로 끌어올린다. "생은 스스로 갈 길을 찾지만(Life finds a way)", 모든 길이 옳은 것은 아니다. 내게 생의 근본적인 방향타는 경전이다. 음악을 끄고 경전을 읽을 때, 내 안의 새 사람이 아주 느린 속도로 자란다. 오늘도 시간을 탕진하지 말고, 헛말을 하지 않으며, 오직 "사랑 속에 뿌리를 박고 터를 잡아서"(〈에베소서〉 3:17) 살기. 그런데, 이 진부하도록 간단한 일이 왜 그렇게 늘 어려울까. 나는 번번이 망가진다. 어제 도미니크 보나가 쓴 로맹 가리R.Gary의 평전과 단편집 『새들은 페루에 가서 죽다』를 주문했다. 책 읽을 시간이 없도록 일을 해서는 안 된다.

***

오래 끌어온 평론집 교정을 마치고 출판사로 보냈다. 평론가로서 나의 전모가 들여다보인다. 좋고 나쁘고 좋다. 이렇게 한 시절을 마감하고 다른 시대로 넘어간다. 무엇보다 필요한 것은 책 읽는 시간. 하늘은 점점 높아지고, 집필실 뒤뜰엔 잊힌 이름처럼 봉숭아가 피어있다. 주문한 책들이 줄줄이 도착한다. 로맹 가리의 『새들은 페루에 가서 죽다』는 이렇게 시작한다.

"그는 테라스로 나와 다시 고독에 잠겼다."

꽃의 힘

어제에 이어 오늘까지 도미니크 보나가 쓴 로맹 가리 평전『로맹 가리』와 로맹 가리의『새들은 페루에 가서 죽다』를 왔다 갔다 하며 읽는다. 전투기 조종사로, 외교관으로 지내면서도 로맹 가리가 작가일 수 있었던 것은, 어찌 됐든 매일 글을 썼다는 것. "그는 일찌감치 잠자리에 든다. 이튿날 일찍 일어나 작업을 하기 위해……." 이 단순하지만 꾸준한 일과가 빛나는 언어로 이루어진 텍스트를 만든다. 이틀 동안 담배를 피우지 않았더니 수시로 졸리다. 아마도 금단현상일 텐데, 더 큰 잠재적 위험에서 벗어나고 싶어 당분간 피우지 않기로. 텃밭에 야채를 뽑으러 나갔더니 밭 옆에 범부채가 까만 열매를 달고 있다. 범부채는 호랑이(표범) 색깔의 백합 같은 꽃을 달고 있다가, 꽃이 지면 블랙베리처럼 새까만 열매를 맺는다. 그래서 영어로는 'Blackberry lily', 'Leopard lily'라고 하기도 한다. 열매를 보면 꽃이 전혀 상상되지 않는다.

꽃은 세계가 단 한 순간도 쉬지 않고 변하고 있음을 알려주는 신호다. 깊은 밤, 꽃들은 세상을 무지 속에 몰아넣고 몰래 벙글고 있다. 바로 뜰 앞을 이틀만 나가지 않아도 세상은 벌써 저만치 앞서가 있다. 꽃들은 게으른 발견자를 끌고 시간의 언덕을 오른다. 불타는 태양 아래 꽃들이 폭죽을 터뜨릴 때, 시간의 알갱이들이 눈부시게 반짝인다. 저기 늦게 오는 사람아, 더디더라도 꽃수레를 밀면 된다. 더 바라지도 원하지도 않으며 그냥 피자.

뒤란에서 에세이 읽기 03

나는 터지기를 기다리는 꽃이다

초판 1쇄 발행 2022년 6월 15일

지은이 오민석
책임편집 오은조 편집 박은혜 디자인 볍씨 인쇄 아트인
펴낸이 김두엄 펴낸곳 뒤란 등록 2019-000092호 (2019년 7월 19일)
주소 07208 서울시 영등포구 선유로49길 23 IS비즈타워2차 1503호
전화 070-4129-4505 전자우편 ssh_publ@naver.com
블로그 sangsanghim.tistory.com 인스타그램 @duiran_book

ISBN 979-11-978957-0-8 03810

뒤란은 상상의힘 출판사의 문학·예술·인문 전문 브랜드입니다.